金草地

〇单行本

张承志 著

青海人民出版社

图书在版编目（CIP）数据

金草地 / 张承志著 . -- 西宁：青海人民出版社，
2018.6（2023.3 重印）
ISBN 978-7-225-05586-2

Ⅰ . ①金… Ⅱ . ①张… Ⅲ . ①中篇小说－中国－当代
Ⅳ . ①I247. 5

中国版本图书馆 CIP 数据核字（2018）第 130740 号

金草地

张承志 著

出 版 人 樊原成
出版发行 青海人民出版社有限责任公司
西宁市五四西路 71 号 邮政编码：810023 电话：(0971)6143426（总编室）
发行热线 (0971)6143516 / 6137730
网 址 http://www.qhrmcbs.com
印 刷 青海日报社印刷厂
经 销 新华书店
开 本 890 mm × 1240 mm 1/32
印 张 7.75
字 数 150 千
版 次 2018 年 9 月第 1 版 2023 年 3 月第 2 次印刷
书 号 ISBN 978-7-225-05586-2
定 价 29.80 元

作 者 像

目录

CONTENTS

[第一章] 辽阔无边的入口

[一]

生命，也许是宇宙之间唯一应该受到崇拜的因素。生命的孕育、诞生和显示本质是一种无比激动人心的过程。生命像音乐和画面一样暗自挟带着一种命定的声调或血色；当它遇到大潮的袭卷、当它听到号角的催促时，它会顿时抖擞，露出本质的绚烂和激昂。当然，这本质更可能是卑污、懦弱、乏味的；它的主人并无选择的可能。

我目击过这样一次生命的诞生——

马群里有一匹灰白寒碜的老骒马将要分娩。牧民 B．T．认为这匹将生的马驹应当是一匹如漆的黑驹。但是他的话无人相信，因为老骒马的皮色简直像一团肮脏的硝碱，像一堆沾着尘土的肠衣。那天的夜漆黑得不见马耳，灰骒马在一块箭草地上抽搐着卧倒了。

整整三天三夜，她在那里卧着，抽搐着嘶吼呻吟，那块箭草地磨成了秃沙滩。

第三天夜里又漆黑如墨，我蹲在地上手里牵着笼头，可是看不见自己牵的马。牧人 B.T. 掏出一把尖刀子，挨着我也蹲下来。他那半扇车轮般的胸在“呼，呼”地喘。他在黑暗中突然大声自语起来：

“喂——若是伤着你的前腿的不是你父亲红儿马而是我的刀，——那么跑不远的黑骏马能相信我是好心吗？喂——若是伤着你的后腿的不是你的母亲白骒马而是我的手，——那么夺不了标的黑骏马能相信我是真心吗？”

我听得毛骨悚然。

我只记得那如漆的黑夜。

我什么也看不见。可是我看见了——只有我在旁边。我看见了一把攥紧的尖刀从那神秘的门户里插进去营救一个诞生。我看见了那衰累的骒马在痛苦和喜悦中抽搐呻吟——她的鸣声曾使我联想到一个真正的女人。我看见了草潮屏息不语。我看见了黑暗从四下潜来围护。牧人 B.T. 最后大吼一声，一团湿淋淋黏乎乎的血块重重摔在我的膝上。我看见了一匹骏马的诞生，一个高贵的生命的诞生。

天亮了。

在喷薄的晨曦中，小马驹站了起来。我惊奇地不知所措。它浑身漆黑，如烟似墨。

“你怎么知道呢？你怎么知道它是黑马呢？”

牧人 B.T. 说，因为它的母亲在诞生时，也就是说，灰白骒马在还是匹马驹子的时候，曾经是这种高贵的黑颜色。

原来，色彩就和音符一样，早在诞生之前，它早已藏在精血之中，注定了本质和命运。因此，应当承认生命就是希望。应当说，卑鄙和庸俗不该得意过早，不该误认为它们已经成功地消灭了高尚和真纯。伪装也同样不能持久；因为时间像一条长河在滔滔冲刷，卑鄙者、奸商和俗棍不可能永远戴着教育家与诗人和战士的桂冠。在他们畅行无阻的生涯尽头，他们的后人将长久地感到羞辱。

我崇拜生命。

我崇拜高尚的生命的秘密。我崇拜这生命在降生、成长、战斗、伤残、牺牲时迸溅出的钢花焰火。我崇拜一个活灵灵的生命在崇山大河、在海洋和大陆上飘荡无定的自由。

[二]

那是在十年里的第一次进入天山。背包里掖着一本哈萨克语教本，脚上穿着那双穿旧了的马靴。天山人没有发觉这双马靴的式样个别。汽车在疾驶的时候，一道苍郁的绿色明亮的山脉顶着透明的冰雪，在路左千姿百态地一字摆开。那是眼睛的盛宴。那时双眼应接不暇地对着神美的天山饱览秀色，眼睫贪婪地眨闪着吞下晶莹的冰顶、暗蓝的阴坡松林和阳光满洒的嫩绿明亮的山麓草原。那是语言的海洋，夏台河旁的那个用圆松木砌成的小村庄里有九个民族，每走一百米可以听到四五种语言。但是那里气候酷热，双颊上被阳光中的紫外线灼得结下了两块紫红色的疤，有几天只能啃些干馕，喝些没有颜色的陈茶水。但是那峰峦上的冰雪千年不融，雪白中幻射着醉人的蔚蓝。阳光照得透亮的山前草坡上满生着野葡萄、黑醋栗、碧绿的荨麻叶和水汪汪的骆驼尾草。第一次踩着湿漉漉的草地走向天山峡谷的时候，心里兴奋得想唱一支歌。可是每一支歌都刚刚唱了半句就被抛弃了，因为在那么美好的山地里不能唱不伦不类的歌。谁在那样的草地上朝着幽密的蓝色松林走上一程，谁就会知道应当为自己也为天山寻找一支真正美好的歌。

蒿子草摇曳得悲愤沉重。望着它密麻麻的哗哗抖响的棱秆，人心就掀起久久的激动。它像是坚忍地隐蔽着埋头藏姓，它像是一道冷漠的屏障般挡住了一切。它大概在二百年里一直沉默着忍耐着，它宁愿埋没真实宁愿牺牲真相宁愿永世不求公正的裁决和理解，也不让它不信任的人突破这道黄褐色的柔韧的屏障。它摇曳着一丈多高的蒿秆和灰白的草穗子，在焦旱的黄烟滚滚的秃山裸岭上构筑了一道警惕的城墙。可是杨阿訇在前面大步走着，他在决定为我引路时激动得面如重枣。蒿子草的大帐扯开了。坚城闪出了门户。我踏进了谜底。那谜底是一座青砖砌成的梯形墓，它浑身粘着斑驳的苔藓。我大步走近了它。我应当记住：是我本人大步地走近了它；是我本人踏进了一个无人知晓的谜底。

五一节清晨他就觉得空中飘游着一个信号。车进伊犁城时，他目不暇接地看风景，直到忽然觉得气促才留神到那个信号和气息。车进伊犁城时两颊上拂着新鲜的风，路旁络绎不绝的行人衣着鲜艳。他在看见一排穿着一模一样的淡青连衣裙的维族姑娘时，险些喊出声来。多么爱美的民族啊！他觉得七八个姑娘穿着一模一样的连衣裙上街，这简直不可思议。就在那时他辨出了一股气息：街道两旁苹果树正怒放着第一批鲜花，苹果花香强烈地冲荡着，呛着人的嗅觉。伊犁河上翻着浑浊的野性的浪，伊犁河的浪头上也夹带着同样馥郁的苹果花香。沿着原野，沿着天山，沿着白杨林里那一排排涂成淡蓝色的小屋，苹果花香在放肆地奔跑和冲荡。小伙子们都发疯般地奔跑起来，赤脚踩着冰凉的沙滩。他喘息着，大口大口吞咽着浓烈的花香，望着伊犁河快活得头晕目眩。他说不出话来，他迎着一道道激烈的苹果花香的气流急促地喘息着，吞咽着那呛得他气促的伊犁河谷地的春天气息。

面如重枣的杨阿訇举起一只手。那只手臂和他下巴上的银胡子都在颤抖着。瓦蓝的天空旱得没有一丝云影，四野只见静静的黄土山峁在起伏中凝固，蒿子草长得比芦苇更高，灰白的穗穗和焦干的宽叶剧烈地摇着，闪出一条秘密的路来。他的鞋里已经灌满了沙土，他顺着蒿子草闪开的小径，顺着那条颤抖的手臂指引的方向，大步地往里走。哗哗的草啸不屈地奏响着，他觉得自己的心也颤抖了。后来看见了那座被教徒们密藏了二百多年的青砖坟墓。杨阿訇望着他，颤抖的手指僵了，唇角抽搐着说不出话来。“我知道，杨阿訇。”他倔强地仰起下颏说。我知道二百年里你们没有告诉任何人。二百年前官府悬赏追捕时你们没有说出去；二百年后事过境迁历史已经遗忘了你们仍然缄口不言。我知道你们想对我说这件事只告诉了我。旱得蓝晃晃的天空中阳光炫目。四野荒凉的黄土山突然噤住。杨阿訇的嘴角哆嗦着，说不出一个字来。他脱下了鞋，赤脚踩上了滚烫的沙土。他望了望那高远的蓝天，蓝天上像画着一个触目惊心的符号。他嗵地跪下了。杨阿訇一刹间热泪纵横，泣不成声。哦，我跪下啦，我的双膝今天跪在一片灼烫的黄沙土上。密集的蒿草遮天蔽日，在蒿草深处，在我面前低低卧着一座青砖的坟墓。它满身苔藓，风剥水漶得那么古旧。但只有它记载着真实，记载着历史的可耻。杨阿訇高声吟诵起一段“苏热”，蒿草丛和山野里拔地而起地冲出一支悲怆的哀乐。他没有低下头，他倔强地迎着毒旱的斜阳跪着。在这哀乐和《古兰经》流畅的诉说中，他的心和第一次跪屈的膝一齐抽搐。他恐怖地感到自己在这一刻里的蜕变。视野哀伤悲怆只向这旱渴的蓝空倾诉。当“苏热”被吟唱起来的时候，古老的阿拉伯语不再费解，它只是饱含着今世和现实不能达到的追求。世界和彼岸、憧憬和来世就这样为你打开了大门。西海固，你贫瘠的甘宁青边区，你坚忍苦难的黄土山地，你在杨阿訇为悼念先烈的“苏热”中松弛了，打开了紧锁着的心扉，把一腔感情向这雄浑的大陆倾诉。

[三]

你们真的还想听我讲这种蒙古故事?

那个老太婆那个蒙古女人还有那匹黑马，你们不是已经知道已经腻烦了么?

别这样看着我

你也应当负起责任。你凭什么把这一切的责任都推给我，难道你和那片草原无缘么。难道不正是因为你这家伙的缘故，难道不正是因为你这小子爱诌酸诗唱酸歌在知识青年会上说酸话，——他妈的弄得我才迷迷糊糊干了这么一行变成个不伦不类的说书匠了吗!

而你倒舒舒服服地藏着

你狡猾地说：我废物，我没出息

而我已经拆了回家的老桥

你逼我卖血为生

到了今天——

知道吗我只有不管真信假信我非得坚信你是我的铁杆朋友。我非得拼命回忆那时候在草原上你念过的酸诗。我非得想象着你在关切地注视我虽然你早把我忘了。我非得在心里臭骂你然后再反省为你解释说你生活得太难了么——凭什么呀！你妈的!

难道那片大草原是我的私人自留地吗?

我又不是蒙古人

知识青年又不光是我一个

嘿！你醒醒别他妈的假装打盹呀！

但是我们毕竟有着骑手的友谊。包括你这个混蛋我们毕竟是大名鼎鼎的草原的骑马的知识青年。我挑不着更好的啦我只能认倒霉地承认我只有你们几个朋友。而且我忘不了那次谁谁结婚；那次你被白酒一灌一下子露了你的本相。那天你语无伦次满嘴汉加蒙的奇怪语言。你满嘴都是“我们队”“我们家额吉”“我那匹红马比你那匹白马好”。我盯着你我亲眼看见你兴奋得手舞足蹈身心坠入了深深的疯狂。于是我又激动了又差点他妈的要哭。我宣布你儿子出身革命青年。

我又能接着卖血啦，我的朋友。

可是那顿喜酒里有人骂了我们他们讨厌我们的狂态。他们甚至认为我们在表演。有个杂种说啦：“哼，又不是人家的亲孩子，干嘛一嘴一个我们家我们家的？”他们接着嘲讽说：“既然那么亲，干嘛还非回北京呢？”

我们不再奢求交流。我们开始变得比他们更冷淡。我们懂得了：谁和他们说草原谁傻×。再遇到有人提到草原二字时，我们开始翻白眼儿。让讨厌的臭鱼烂虾高谈阔论骏马，让全世界的王八蛋去歌唱草原吧！我们甚至学会了一点恶毒。比如我曾遇到过一位年轻的女学生，当她闪着天真纯洁的大眼睛，向我讲述她在暑假里去百灵庙草原游玩的事时我说：“你去的那个地方是个狗屁。你少来这套假浪漫吧！”她痛苦地眨闪着她美丽的长睫毛，而我却说不出的痛快。真的，她怎么他妈的可能理解春天催奶的哲勒根草，理解陷在白茫茫的草地里的不冻的青营盘，理解我穿得稀烂的那三件褴褛的皮袍子，理解我们知识青年中的姑娘们脸上的红冻疤，理解我们的贫穷和受罪，理解我们的绝望和奋斗，理解我们那片丘山纵横、牧草丰盛、养活着牧民也养活过我们的大草原呢？

就这样，草原沉没了。草原变成了一片海底的陆地，变成了一个不为人晓的秘藏。我知道，在芸芸众生纷纷世界中它已经被深沉地隐蔽。我们习惯了并谅解了人们，我们更知道了要珍藏自己。我们不再因付出过感情就急于反驳。我们开始承认了人情和世俗的强大。但是也许我们还没有成熟，也许就因为那个青春的夙愿，我们仍然时时发现自己的血液里奔涌着一股力量，那是一种不可制服的自由激烈的神力。我们在奔波谋生时，时时觉得梦境就在脑海里萦绕不退，心里胸膛里仿佛摆开着一幅历历在目的地图。那地图里浮现着一块块清晰的山坡和一条条亲切的小路，青濛的草根和露出草丛的黑石头隐现其间。哦，草原，我们轻声地自语道。是的，草原仍留在我们尚还年轻的心里，使我们不觉间变得深沉博大。尽管它时时使我们感到痛楚，尽管正是因为它我们才觉得自己的青春去而不返，而且残缺不全，但我们仍旧沉浸在一种独属自己的永恒体会中。在这种美好的体会中，我们惊异地发觉自己已经获得了一个庄严的蜕变，我们自己已经成为了一种神奇的新人。在我们的血液里，已经汹涌缓重地流动着一种宝贵的素质，它像骏马一样激烈不屈，像木轮的勒勒车一样怀着渴望，像双句的叠唱一样深沉又单纯。我们在内心深处感到惊喜，胸中涌漾着莫名的感激。哪怕人们再加十倍地嘲笑和贬低吧，哪怕不偏不斜的准则把我们的这一套看得一文不值，我们已经在自己的内心中守卫了自己，守卫了自己心中最高贵的、千金难买的一个梦。

我的朋友们，我的穿着布面稀烂、虱虫成团的破蒙古袍子，骑着一匹在冬季里消瘦得骨架嶙峋的马儿，在零下三十五度到四十度的风雪中驰骋过的朋友们，你们同意我的讲述么？在我们诀别草原二十年之后，在我们突然发现往事真的完了、人生真的已经不长的时候，我们不是猛然间想起了那个梦么？我们不是觉得该把这个梦，连同那几匹身材不大的马、连同那辆吱吱响着的木轮车，都告诉我们的儿女么？

梦境没有这样的。梦中不会有两匹骏马。后来隔了十年二十年读了《 成吉思汗的两匹骏马 》我仍然不相信那个梦境。黄马用力地弯弯地把脖颈弯下来曲下来使劲用柔软的毛茸茸的唇去触自己的胸脯。额吉那天居然也笑了。额吉是个严峻的人但是她笑了。黄骠马弯着的脖颈光滑得像玉像瀑布像一匹流淌泻下的金缎。草潮在沙沙议论。后来隔了十年二十年只要我心里恶心只要我觉得世界真丑恶的时候我就会想起我的两匹骏马。我的两匹骏马能顿时让我沉进白日梦幻。朋友们不懂这些所以朋友并不可靠。我此生真正可靠的朋友只有骏马。黄马站在波光粼粼的草地上的样子完全像个美丽的黄袍姑娘。姑娘不可能和骏马相比，我的骏马之美是绝对的。我在清晨的露水中惊喜得像个头号傻瓜，谁能想象我与一匹骏马相遇时的惊喜呢。黄骠马优雅地弯下了脖颈。我入迷地我迷醉地望着黄骠马向自己漂亮隆起的胸脯弯下脖颈。二十年后我悟到自己那时可能联想到了美丽姑娘之类。也许是吧，但是更准确地说那时我是在欣喜地注视着自己的青春。

青春……青春……青春……原来由这两个字组成的漫长岁月就在那个露水清晨开始啦。

额吉慈祥了一瞬又收起笑容。额吉又像着急又像遗憾。额吉有些憋不住似的想告诉我什么。我不懂蒙古语。今天是我插队的第十九天。额吉拍拍另一匹马——那是这本小说中主要的描写对象之一，它后来成了我的坐骑可是那个露水清晨我如在梦中我执迷不悟只盯着黄骠马。白马巨大粗笨，呆傻雄壮。白马尾巴粗得一蓬蓬四腿像四根白木头桩子。我晕眩了我看不见白马后来我连黄骠马也看不见了。我美滋滋不知该笑该闹。我踩着草尖上那层露水膜，心里只有一句话：

我、有、了、骏、马！

这时有一道阳光射到了黄骠马的腰身上。一层纯黄的、微微透明的光晕勾出了它俊美难言的体形。黄马在这道阳光中弯下脖颈，把金茸茸的嘴唇触上了胸脯，使自己变成了一座雕像。“夏拉”，我想着蒙古语中的“黄色”这个词，它简直是——简直是一座希腊雕像！……我的马，我轻轻地搂住了它的脖子，我要给你起名叫作“希腊”。我的马儿，我的骏马，我幸福地想着，心里滚着一道道波涛。

黄马突然猛地一甩头，那道毛茸茸的透明黄晕立刻倒弯下来，勾勒出它修长的腰肩。它转过头来，用一双琥珀般的大眼睛望着我，它望了好久，然后缓缓地探过脖颈，把那柔软的嘴唇触到了我的手背上。

我被一阵颤抖的热流淹没了。

我跨上马走上夏季的绿草原。黄马在山坡上停住，先屈起一条前腿，轻轻地抬起来，又无声地放下，圆圆的马蹄淹进了摇荡的绿草。额吉望着我，摇了摇头。不，额吉，我要这匹希腊马。我的马鞍是一只苏尼特式的元宝鞍，我的身体紧紧地被它箍在马背上，使我觉得浑身都灵敏地感觉着蹄步的波动。我欣喜地磕了一下马腹。光滑的长脖颈，我看见它胸脯上渐渐凸起一块块光滑的肌腱。额吉高兴地看着我，使劲朝我扇着袍襟。我知道她是告诉我“快跑”。我拉紧了马缰，把缰绳勾在左手的三个指头上。额吉抓着袍襟，开始厉声吆喝着，用力扇着袍襟轰我们。我快乐地吹了一声口哨，马儿立即应声飞翔起来，像一支被弓弦弹出的快箭。风凉爽地贴着脸颊和耳鬓纵情，绿草晃闪成一片模糊的碧色玻璃。我高兴地大叫起来，头上的头发被风扯得竖着曳起。黄马的奔驰像是爆炸，像是鼓点，像是一股倒泻进我心里的狂涛。我觉得晕眩我尝着冲动的快乐我感到长饮清泉或输入血液的快畅和有力。我狂奔着，从塔布太的一座小山奔向另一座小山。黄骠马低低咬着嚼铁，手里的皮缰急促地一下接一下地挣动。我跑过了五座低矮的小山时，茫茫的草海突然退开，显露出远方的一片开阔平原。白洁的雪团在那里低压着大地，草地在那里映幻成一种灰暗的蓝色。我有了骏马啦，我狂喜地想着，悄悄地放开了缰绳。黄马“希腊”奋力甩起头来，疯魔的速度立即攫着我坠向一个沉沉深渊。当我又从蹄音中清醒的时候我觉得刚才是坠入了失重。没想到！我心里淹满着一片狂喜的浪涛。这是一匹真正的骏马！我又收住了缰绳。蓝天上仍然密布着那白船般的云朵，我觉得那些疾驶着的白船正危险地朝我的脸逼近，笔直地对准我扑来。我哈哈大笑了，东歪西斜地在鞍上学着牧民的浪漫姿势，学着那些醉酒后狂奔疯驰的牧民的姿势。我觉得我真的像是醉了，来到草原还没有一个月，我第一次感到原来我这个人也会、也有可能变成醉鬼。我勒住偏缰，看着我的马头在平原上疾疾划出一个匀准的半圆弧。我绕过塔布太前边缘的那座小山，飞速朝我的家驰去。我知道自己从此刻已经真的变成了马的主人，我瞄准了远处迷濛中的那座灰旧的毡包放开全速飞驰着。滚滚的绿草浪疾疾迎面而来，一个陌生的骑手的生涯也正在疾疾地迎面而来。

[四]

栈道的下面绿绿的江溅着雪白的浪头，雷鸣似的把什么声音都吞没了。他们从山岔子里突然冒出来，队伍没精打采其貌不扬。可是他们出成都，进松潘，他们居然真的闯过了雪山和草地！那个背着一台照相机的四眼儿还说：七八九，正好走。你们要是真的走草地，记住一定要在七月到九月进去。小毛阴沉着脸听着，不住地瞟着我和大海。我没有理她，我什么也说不出来。我们三个人规规矩矩地听着那股子四川话，心里说不出算是什么滋味。七八九，正好走。一二三，雪封山。今天是腊月初八，哼，我不信我们三个还赛不过你们这伙四川佬！雪山草地太远啦，今天咱们在这栈道上赛一会儿吧。小毛气嘟嘟地束紧了腰带，八角帽遮住了她的刘海儿，我觉得她真像个女红军那么英气勃勃。大海换上了草鞋。大海的草鞋是兰州的流落红军给他打的。我亮出了我的芬兰匕首，我看着这把芬兰刀的绿皮鞘在皮带上神气活现地跳着，心里满满的一股不服气。栈道紧紧靠着峭壁。有两排长长地伸延出去的方形凿孔在峭壁转弯的地方消失了。小毛的胆子比我还大，她总是不怕头晕地朝下看，一边看一边大叫大嚷。栈道下面的峡谷里起着阴森森的雾，白龙江在那里扭动着碧绿的身子在冲腾，白雪冰渣般的泡沫轰轰地撞在岸上。拼死拼活也要赛过那伙四川学生。我想着，抡开大步，跺得栈道轰轰地响。整整一条路上只有我们三个是全副红军打扮，我们不能输给别人。你走过雪山草地；你走过九重天水晶宫也不行，我们要让你输。因为这是一条红军长征走过的路，因为不管是真是假，反正我们穿着红军的衣服。白龙江在下面的深谷里翻扭着，高溅起雪白的泡沫。碧玉般的江水卷咬着一棵树干，峡谷里哮声如雷。四川学生渐渐地被我们甩远了，峡谷里只剩下我们一支小队伍。

我从他们的土监狱——其实是个游泳池的更衣房——里走了出来，太阳光晃得眼睛生疼。我心里觉得泄气。我琢磨着自己心里的感觉，不知道为什么觉得泄气。那老头说那句话的时候我正签字填释放证呢，我没来得及想他那句话的意思。“监狱成了他妈的幼儿园啦。”他说，“你这小伙子可真行，活像上幼儿园那么神气。”这话是什么意思呢？

她在那根电线杆旁站着，一副傻乎乎的样儿。原来因为她我才这么心神不定，我琢磨着。我一直预感有个人会在这一天，会在这儿等着我出来。“活像上幼儿园”，这是什么意思呢？我心里不知为什么蒙着一层沉重的乌云。本来我该狂一点，我既然在里头手上卡着手铐的时候都那么狂，看见她在这儿等着我的时候我就该更狂一点。原来她来啦，我想，没想到她会在监狱外面等着我。我突然感到心底涌起一股热热的东西，我觉得有件什么事情——很重要。可是我高兴不起来。手腕上被铐烂了的血口隐隐发疼。我想揉揉手腕可是我意识到了什么以后没有揉。革命先烈——英雄志士在迈出监狱大门的时候，都是揉一揉铐坏的手腕，望一眼炫目的阳光的，何况她居然在这儿等着我。可是我一直不高兴。典狱长——我给公安部那个老头起外号叫典狱长——说的那句话很古怪，他说了那句话以后我的心头就罩上了一块沉沉的铅一般的乌云。

“小毛！”我大声喊了一声。

她猛地一转身。我看见，那丫头的眼睛一点点地睁大了，睁圆了，睁得那么让人惊奇。她朝我跑过来，我站着继续看着她那双圆眼睛，我看见了从那双眼睛里突然涌出的泪水。

[五]

白龙江出峡以后突然安静了。两山间的斜坡地上出现了密密的绿竹林。我们大踏步地跑起来，冲下了连接着栈道的一段石渣路。四川人现在至少给甩了十里路，我快活地想着，用手紧紧扯住背包带。大海追上来了，他已经把灰布缝的八角帽戴得端端正正，蓝布条拧成的草鞋绳湿淋淋的。我们三人走成了一排，六只脚板叭叭地敲着石路。绿竹林靠近过来，原来竹叶已经干枯，虽然它那么翠绿。小毛高高地噢叫了一声：“哎——”她的尖嗓门在峡谷里飞着，一阵阵消失又一阵阵变得更响亮。峡谷低沉地应和着她，满山的松涛开始悦耳地摇响。“真棒啊！”我高兴得不知所措了。小毛激动得满面通红，“噢——哝——”她又对着山谷高喊起来。松涛哗哗地摇得紧了，竹林子抖瑟着绿色的叶片和细枝。白龙江不驯地在浅滩里撞着一些巨石，碧绿的激流像是发怒一样汹涌向前。那条白龙拧着扭着碧玉般晶莹的身子，争先恐后地冲出了峡口，它在挣跳、愤怒、喧嚣着，但它好像根本不理睬我们。竹林子秀丽地挺拔成一层层帘子，阳光在挺拔的竹竿之间整齐笔直地闪幻。四周的松林涛声飒飒沙沙地摇成一片。我发现我们仨都默不作声地站着呢，大海的八角帽檐上有一圈汗水，小毛使劲地忍着激动，目不转睛地盯着。傻弟兄们，咱们这是怎么啦？我把背包再背得舒服些。四川佬怕已经宿营了吧。嘘——别提四川佬，看那儿，看那块黑石头！远处一块黑黑的江心石被绿浪和白泡沫包围了。大海，咱们赛赢啦。算啦，吹什么，人家已经走过雪山草地。那有什么？——我刚刚把话说了一半就噎住了。我也不敢蔑视雪山草地。我唉了一声。小毛又惊叫起来："快看快看！"松林里飞起来一只黑翅的鸟。"不对！"小毛发狠地拧我的胳膊："在那里！快看呀！"那只黑翅鸟沙哑地叫着，孤单单地飞走了，晃眼地闪在竹林间的阳光被黑鸟扑打乱了。"真——笨！大海，你看呀！"小毛疯了似的尖叫起来。但是我突然看见了：铁青的壁立着的石崖上有一行斑驳剥落的字迹。那字迹隐隐现现，残缺不清，可是在石崖上还是很醒目。我的血猛地沸腾了。大海突然失声叫起来："红军——"我一把甩掉了背包。我听见我的声音古怪地颤抖着在读：

"红军是穷人的队伍！"

[六]

我吃惊地回过头来，只见全部阿勒坦·努特格的六群马都拥到了眼前。

也许这是一个仪式吧，我的心倏地亮了。

伟大的、壮丽的青春祭典啊！

几千只铁蹄把漫山遍野擂成了一片疯狂的惊涛怒浪。嘶声尖锐地扯裂开空气，天地之间，整个草原在一刹之间骤然紧张了。马群腾起的烟尘滚滚冒涌，围绕旋转着，随后又慢慢上升，在半面天空垂直地拉起了一道庞大的黄幕。小遐忘情地跳着，在奔驰的群马前面化成了一个魔性的美女。我家的松木大车突然震响了一声，坚硬的松木芯里传出一声奇异的松涛声。我惊愕地扯下了黄马希腊的皮笼头，盯着这辆与众不同的木轮车。蒙古包的哈纳墙在吱吱摇响，桶里的鲜奶子在剧烈地晃荡。上百匹长鬃飘飘的儿马骄傲地跳着咬着，横冲竖截，在疯魔的狂奔中抢掠陌生的、温顺的骒马。它们肩上几尺长的浓鬃时扬时倒，像一面面沉重翻卷的大旗。一岁的马驹子们惊吓得尖声嘶着，发急地往来驰突寻找母亲。它们像一些闪电般的精灵。有一匹小黑驹一直冲过舞蹈着的小遐身旁，把她的旋成一朵牵牛花的袍角冲得啪的一响。接着它又夺路冲出，突然拐了一个危险的弯子，随即消失在这淹没了山脊和山坡、淹没了蓝花和绿草的倾泻的洪流里。太阳在黄色的烟幕上方骄傲地照耀着，但八月如银的青绿草原却已黯淡。儿马、骒马、乘马、野性的三岁生个子马和秃尾巴的两岁马，还有那些驰突惊叫的纷失了母亲的当年驹子都拼出全力，奋勇驰奔，都敞开了控制的闸门，释放出了在强健的四肢和光洁的毛皮下束缚潜藏的野性和欲望。

在巨浪大潮的最前头，奔跑着一匹浑如烈火的儿马。它颈上飞舞起的长长红鬃平直地向后飘开着，和红色的长尾缠在了一起。我看见那赤红种马的脸上有一种不可思议的神情，那是一种九死不悔、气吞万里的悲壮。我后来才知道：它就是闻名九旗的著名儿马——星·忽伦。它像是正在英勇地驰去赴死，又像是奔向一种难以想象的辉煌。我凝视着它，突然间失去了语言的能力。好久一阵我哑了，我的心痉挛着，胸膛里疼痛难忍。我理解不了也控制不住正在我心田里诞生的疯狂和激动，我一点也没有想到这就是日后支撑我活着的我的生命。我万万没有想到，草原母亲原来就是以这样的方式，猝然在我二十岁的身心里埋进了一个幽灵。我知道：我变成了一个牧人。

[七]

天山的深夜像一只漆黑的锅底。伸手不见五指和山峰，而漆黑的山峰却似乎连同着松林草坡都压在鼻子尖上。厉风在漆黑中锐烈地嗷嗷叫着，像是黑暗中间奔突着数不清的恶狼。一定要找到一匹马，而且一定要找到一个向导。漆黑一片为什么还这样热呢，他觉得自己在床板上挣扎。漆黑的夜漆黑的天山漆黑的小镇可是这片漆黑像是一片火海一片沸滚的开水。越过大坂一定要有一匹好马，好马是成功的生命线，明天你一定要找到这个小镇的头儿，一定要让他们给找一匹好马和一个向导。马是关键，地图上标着大坂高三千六百米，冰川长达二十公里。我热。好烫呢，这条被子像一块烧熔了的铁板。这漆黑漆黑看不见一点儿山影和森林轮廓的黑夜烫得像烧热的黑煤。黑煤也许就这么在地下深处连着，在整个大陆的底层熊熊燃烧。喂，你怎么样了我的妻子，你那里的地层深处也有黑煤在没有光亮地燃烧么？你身上也这么滚烫发烧你也这么翻着身挣扎着不能入睡么？今天听那个穿黑条绒棉袄的人说，如果有马一定在公社马厩里。他说的时候台阶上还蹲着几个穿黑色条绒棉袄的汉子，那些穿黑条绒棉袄的汉子们个个脸色黑得像煤。我病啦，我正在发烧，我凭以前的经验估计已经烧过了三十九度。你不能这样，男子汉不能这样。你要裹紧这床脏被子，你要努力使自己睡熟。山口高度三千六百米，从地图上看从这个山口进去没有太复杂的岔路。太黑啦这世界太黑啦，我一个人发着高烧在这黑暗里在这黑世界里辗转不安无法入睡。我委屈我丢不开这世界上只有我一个人的念头。你软弱，你丢人。没有注射抗菌素，你要有意识地用休息来恢复体力。这是你在对我说话吗怎么你像个威严的老师你不是我的妻子吗？你必须立即睡熟，你要恢复些体力。明天即使发烧你也要挣扎着出去一趟，你要买几个生鸡蛋喝掉，再亲自去一趟公社马厩看看那些马。你要自己挑一匹马。又是漆黑一片又是滚烫的黑煤你在说什么你自己怎么样啦你不是大出血吗不是躺在一片血泊里吗？睡吧，马上睡，排开一切念头全力以赴地睡，今夜对你恢复有利的唯一一件事就是睡。可是我总在想你，我想问问你你今夜住在什么地方是在一间雪白的恐怖的白房子里呢还是也在这片漆黑的烧着了但不冒火苗的滚烫的煤里呢？

小店是用圆松木砌成的。一排排圆松木码成了一面墙，巨大的铁扒钉咬着每两根木头中间的接缝。但是四野光秃秃的不见一棵草，更不用说昨天那满目摇曳的松杉林。举目四望只见铁青黑硬的砾石成滩成片地铺着，向前眺望只见茫茫的戈壁滩寂寞地伸延着。他在食堂开票的汉子那儿买了五百克薯干酒，用一只肮脏的塑料壶提了回来。他还买了一只煮羊头，包在一张维文报纸里用手托着。已经再也看不见天山腹地里的松林和牧场啦，他小心翼翼地踩着吱吱响的地板走向房间。再也看不见那个淋得精湿的哈萨克老大娘。他用脚踢开了自己房间的木板门，回头瞥了一眼灰蒙蒙的戈壁。不会再捧着一只铜盆啜那冰凉的酸奶子，不会再听见那个老大娘叫我 balam。大坂已经被留在了背后，这是我在天山里越过的第一座大坂。明天就能到达城里，明天有一辆拉羊粪的卡车去前方的城里。今夜呢，他倒转塑料壶斟出满满一大碗酒。这可怕的液体在大瓷碗里危险地晃荡着。今夜应当纪念，他重重地吞下一大口。应当纪念一下，他又灌了一大口，撕下一片羊耳朵肉嚼着。酒烧着食道和肠子，一小片火焰一寸一分地烧着食管和肠胃缓缓滑下去。他心里突然感动得想要落泪。他又灌了两三口。纪念吧，独自一人。他撕开羊头的下颚骨，用匕首削下一片肉。为着刚刚翻过的那座大坂，为着那座海拔三千六百米、冰川二十公里的著名大坂，他喝着，身上暖和起来。为着她，为着她为了我的骨血为了给我生下一个可爱的宝宝淹在血泊里，为着她和我一道在奋战挣扎，他迅速喝干了一碗酒，然后把塑料壶里剩下的酒全倾进碗中。为着那句 balam，为着我的那匹马。他喝着，屋里进来了一个穿黑条绒棉袄的人。可是他两眼聚不成焦点，他看不清那人的脸。喝吧，咱们一块喝吧。他和那穿黑条绒棉袄的人对面坐着，盘着腿对面坐着。为着我下了山以后送别了的向导，为着他平安地翻回了大坂那一面。他喝得快活极了，快活得发疯。木板门被撞开了，又进来了一个穿黑条绒棉袄的人。坐下吧咱们一块纪念吧。三个人对面坐着，盘着腿坐在松木板铺上。这里没有浓郁的松树林没有积雪的大坂和大坂上的冰川这里没有山谷那顶孤零零的被雨水浇透的破毡房没有让人心里荒凉的戈壁滩，这里只有透明的晃闪的危险的液体。喝吧喝个痛快。穿黑条绒棉袄的人又买来了一只煮羊头，拎回来用肮脏的塑料桶盛着的薯干酒。三个汉子喝着，也许还唱了。他觉得眼睛里闪亮着美丽的火星，他快活极了。他们撕着嚼着羊肉，天色混沌难辨，不知道是黄昏还是破晓。他有一些儿累乏，他放下了酒碗。他静了一瞬，觉得苍茫的脑海里隐隐地升起来一片模糊的陆地。他感动得想对那两个穿黑条绒棉袄的人说些什么，可是喉咙里冒着火苗。他幸福地向一旁倒下去，温暖的黑暗搂住了他。

[八]

太阳每天都一样，每天都从东面山坡从那片叫塔布太的山坡背后升起来。

太阳每天升出塔布太以后我和羊群就浴在阳光里了。

我全身满脸浴着阳光泡在热暖的光波里暴露在大地上面天空下面的清冽又粗糙的风里，阳光烤热的粗沙沙的风摩擦着我的脸颊脖颈一阵阵远了。

秋天来了

我作为一名游牧民躺在秋天的草地上。

我迎着更粗糙的金针般的秋风伸直了两条插在黄黄箭草地里的双腿。

太阳在秋天更加金灿辉煌；太阳升得更高了，它高高悬在阿勒坦·努特格的上空。

我躺着懒懒地瞟着脚上的马靴，瞟着疾疾攒行在草茎梢秆之间的金风。

草叶枯了。我的马靴居然已经脱了漆皮。

我闭上眼睛。放羊人的日子就是躺在山坡上枕着马鞍睡觉，就是日复一日地听着喳喳嚓嚓的羊吃草声在粗糙的秋风抚摸中躺在草地上睡觉。

我的眼角枯涩

我的脸颊和颧骨上干裂了一层皮

牧人，我是个牧人

黄骠骏马希腊一定正在我的脑后站着，弯下了它那优美动人的光滑脖颈

今天的太阳为什么还不沉没呢

茫茫大地不觉间已经金黄。最后的紫外线刚好把我们的两颊灼出两块烫伤。早晨已经变得很冷。第一条磨烂两膝和裤裆的裤子已被扔在灰堆上。第一个旧营盘和三块烧黑的石头一个狼藉的灰堆已经留在车轮之后。我们盘腿而坐。我们顺刀剔肉用拇指压着刀面。我们撩开袍襟拉屎得意地把袍子变成一座密不透风的厕所。我们开始吹嘘地议论牧草的优劣。我们请名声极大的套马手帮忙做了第一根马竿子。我们已经懂得保膘省马。

阿勒坦·努特格——

我凝望着秋天的金黄草原品味着，我觉得这个词念起来很响亮。

阿勒坦·努特格。译成什么才对呢？黄金的家乡？金色的草原？金营盘？

太阳快要西沉了。空气中渗进来青暗的凉气。我饿了。我又瞟了一眼那金草地，扯过黄马希腊。我跨上马背。我在鞍上打了个大哈欠。我猛地一磕马，朝家疾驶而去。

包中央吊着一盏羊油灯。盛油的黑铁碗和吊灯用的粗铁丝上黏黏地粘着一层腻滑的黑油泥。明亮的、不知怎么使人觉得有点发甜的羊油的火苗闪跳着，照亮了五块折叠木棍拼成的哈纳墙。靠门的两块木棍折墙断碎得乱七八糟，用小绳、铁丝和牛皮条绑着。墙圈出了一个匀匀的圆形天地。西北角有一只描金的红漆凳，凳上放着丹巴哥哥的一只坏了的半导体收音机和我那只灰色的钢板纸箱。它值二十四块钱，是我记事以来买过的最贵重的东西。包的西南角拴着一只银毛蜷曲的小绵羊羔；它不合时宜地生在秋天，浑身雪白的毛卷使人感到有些不祥——因为冬季已经逼近了。我和我的花白头发的额吉就睡在西半侧，垫着两块细硬的白毡。蒙古包正北男主人的位置上，四脚朝天地躺着我哥丹巴；他的脑袋横过来，正好和我凑在一起说三道四。肮脏的破烂皮子和旧衣服中间埋着两个小孩。用黄胶泥和白碱土抹得平整的包中央架着一个熊熊点燃的铁皮炉子。袒胸露乳的南斯拉嫂子坐在炉子对面，一把铁火剪放在她膝上，膝盖半跪半倚地靠在一张没有熟鞣过的、铁皮般硬的牛犊皮上。这就是我的家。

东北角有一只手提式摇柄缝纫机，一只描金的小红漆箱。这只红箱和那只红凳都是拆喇嘛庙时分来的东西，箱中有一些绸布头、几根花边和一把剪子、几本劳动手册。正北靠着木棍折墙叠着一长条羊皮被和皮袍子。大人们私有的一些小方箱子挂着一把把小锁，里面锁着几包廉价纸烟、几块能砸死人的含沙带土的月饼和一些脏污发黏的糖。蒙古人把这些吃的一律叫作“粑粑”。嫂子背后有一只巨大粗重的木架，上面放着铁锅、奶桶和半盆用黄油拌过的小米饭。火熏燎得漆黑，厚厚地吸满了尘埃的黑顶毡上插着小刀、马笼头和做马竿子梢尖用的荆树条。架在折墙上的木棍挑挂着一串串快要风干的羊肉。门口堆放着三盘马鞍。我们的马靴和蒙古靴乱七八糟地扔满地面，散着马身上的汗腥和包脚布的臭味儿。丹巴哥总是乱拍他的破收音机，奇怪的是居然他总能揍得那东西又响起来。嫂子总是无缘无故地哈哈大笑，被她自己想象出来的一只癞蛤蟆吓得又躲又爬。两个小孩总是眨着他们那漂亮的黑眼睛，吸溜着他们的黄鼻涕。额吉总是安静地跪坐在她的位置上，无休无止地搓着羊毛绳，或是用一柄光滑磨亮的牛前腿骨做成的纺锤嗡嗡地纺着驼毛线。

还有一个成员。我说它是我们家的“成员”是由于牧民们对它的尊重。这就是停在包外的营盘外缘上的、那辆用纯粹的红松木打成的木轮的勒勒车。它框架方粗，棱角磨得又滑又亮，在清晨和日落时分呈着一层古铜般的光泽。轮瓣木是用几株弯曲的粗树干截出来的，细腻坚密的松树纹理上还粘着几块没有剥落的松皮。这辆车坚固无比，状如卧虎，是全大队最好的一辆木轮车。它居然有个名字，叫作“达瓦”。

家里气氛平和而快乐。老人慈祥，男人随和，女人大方，孩子可爱。我喝茶吃饭都用一只大碗，白天出去放羊晚上和他们胡扯。我的蒙古语开始讲得流利了，我的脾性却愈来愈变得散漫。

我歪骑着马，反戴着帽，故意斜斜地瞟着看人。我敞开领口的一颗扣子，半夹半拖地拿着马竿子，随着马的步子一摇一晃地走上山坡。当羊群吃草的时候，我把马笼头捆在手腕上，仰脸躺在黄色的草地上出神。天上晴朗得一片碧蓝，已经没有了夏季里那滚滚而来的白云。我又翻转身子，随手扯下根草棍叼在嘴里。金黄的草浪在秋天的长风里飒飒响着，一潮接一潮地向远方漾去，一直消融进那淡蓝色的地平线里。

[九]

暮色苍茫时分，小队到达了麻牙寺。我们踩着积满灰尘的木板台阶，爬到了麻牙寺楼上。

“红军是穷人的队伍！”板壁上又是一条标语。这是同一个人写的，我望着那排字迹想着，瞥了李大海和小毛一眼。他们两人的眼睛里闪着惊讶的目光。“这是一个人写的！”小毛喊道。

比起栈道上面悬崖上的那条标语，这一排没有那样的气势，每个字只有拳头大小。字是白的。年深月久，木板壁被烟熏火燎得成了黑褐色，而墨迹又在这岁月中脱落了，字变成了白色显露出来。同一个人，我想，同一个红军。

“快看！”又是小毛在叫，“红、军、买、东、西、给、银、子！”字迹同样是白的。大海激动地说：“他妈的国民党印的烂钱不当钱，一大捆只能买一个煤球！”我拉拉大海说：“大海，你发现了吗？

都是一个红军写的。”

大海转过脸，使劲地朝我点了点头。

在临江的板壁上，我们发现了最后一条标语：“番汉同胞一心救中国！”

窗槛外，白龙江依然翻腾着绿白相间的浪涛和泡沫，在黛色的长峡里咆哮冲撞。阳光斜斜打在山尖上，把那一小块地方照得鲜绿葱茏。峡谷已经昏暗，水气正在混着雾霭弥漫。我们不再说话，三个人默默地并排站着，想在这个红军驻扎过的小寺楼上多站一会儿。峡谷又长又深，前方指着陇东，背后牵着川北。白龙江急躁地在扭折处争抢拼斗着，不知为什么对这里毫不留恋。黛色的石壁削立着，拦腰一根细线般的栈道深刻其间。暮色迅速地散开着，眼中的一切已经变得苍茫迷蒙。

“多美啊！”我听见小毛在低声自语。她异样的嗓音使我愣了一下。我还从来没留心这个疯小子般的她居然还会这么说话。

“走吧！”大海目光炯炯地望着我说。我挥挥手，小队离开了麻牙寺。我知道大海和我一样，心里忘不了一个拿着笔的红军战士。

[十]

从搬到丹巴家以后，我和额吉之间的漫长而毫无情节的故事就开始了。我要求她给我一个蒙古名字，她随口说了个“吉拉嘎拉”

(幸福)。我嫌这名字念着像鸡叫,她又说了个“乌兰乎”(红孩子)。我嫌太常见,她就问我自己想要个什么名字。我说我想叫“吐木勒”(铁)。她说，那好吧，就给你个名字“吐木勒”。于是我就算从额吉处正式获得了一个蒙古名。

傍晚，当我吆着羊群归牧的时候，我盼着她的那声呼唤。果然，她唤着我 :“喂，吐木勒，”声音里永远不变地带着一丝温暖、一点古怪、一股漫不经心的随便劲儿。我不明白我为什么偏偏习惯了这一声吆唤。我的心头还似乎掠过一丝满足。“唉，来啦！”我忙答应着，催马朝她走去。我喜欢像个勇士一样骑着马、站在她面前时的那种感觉。

我额吉为人落落寡合。当然草原出身的知识青年们谁都可以为自己家额吉吹上一阵牛。本人额吉其实就一般意义来说，还比不上——比如蓝猫家额吉。蓝猫本来是个那么好心的小伙子，但是插包以后却被惯得又刁又懒。蒙古牧民有抱养养子的习惯，我估计蓝猫额吉是真的以为自己白捡了个大儿子。“米尼乎(我的儿子)！去，去帮额吉喂喂狗！”蓝猫一盘腿 :“不去！”到了公社买糖,“米尼乎！去,去帮额吉买炒米。”蓝猫一瞪眼:“不去！”老太婆摸出两块钱来 :“好儿子，喏，买粑粑吃。快，帮额吉买炒米！”蓝猫这才磨磨蹭蹭地去了。我家额吉可大不一样。我甚至觉得额吉可能根本不会那种婆婆妈妈的事。在我的眼睛里，额吉还是一个非常陌生的人，至少，她和所有女人不同的一点非常显眼 :她有一副马鞍。

晚上吃过饭以后，她总是默默地跪坐在我身边，慢慢地吸一支烟。那时我们的西半侧已是一片昏黑，羊油灯上闪跳的火苗不时扇动着纸烟上冒起的一股灰雾。额吉像是害怕那雾似的，总是微微躲闪着，把身躯向后仰。我没有什么事好干，正用蹩脚的蒙古语和丹巴哥胡扯。我觉得在额吉和我之间，那弥漫的灰雾好像一派温暖的潮水。额吉不插嘴，沉默着捏住半支劣等纸烟。灰蒙蒙的潮涌上来，遮住了她混浊的、有一点发绿的眼睛。炉火正在黯淡，门外草地隐入了昏茫。她突然瞥了我一眼，好像她早就发现我在偷偷地看她。她的嘴角和眉头，还有额上几道深些的皱纹都抽动了一下。我猜她可能是想朝我做一个笑容但是做不出来。我心里有些吃惊。于是我赶紧坐得规矩些，并朝额吉干笑了一下。我突然意识到在这样的时刻里我有些异样，包里好像传走着一个什么内容。我认为我遇上的这一切仍然是枯燥的和费解的；但我已经被它吸引住了，就像我总忍不住偷瞧额吉一样。

额吉喜欢独自默默干活。按照蒙古草原上无文但又严格的分工，她总是缝补周围用的毡子，拆了又搭地摆弄给牛犊子睡的小栅栏。我们包里的人都习惯于她的这种忙碌，通常不太关心她忙的究竟是什么。但额吉也喜欢帮助别人，所以最初她走来帮我绊“希腊”的时候，我并没有留意。后来，有一天我看见她独自骑上马去轰羊的时候，我突然明白了一直感觉到了的一个疑问：额吉从不只是把自己当成女人。她骑马、绊马、饮马，自己不吭声地修理她那盘辨不出颜色和形状的烂鞍子，用小刀和黄羊角给我接好断笼头，在下雨天替丹巴哥把套马竿插进包中，还不言不语地把马竿上开胶的缝口用皮条一道道束紧。她有一些古怪的毛病。比如在暮色苍茫时，她一个人不肯进包去。我过去帮忙时，发现她那儿并没有什么活儿干。额吉一面搔着牛犊子的脑门，一面和它絮絮叨叨地谈着。我看见那牛犊子支着脑袋边听边享受的样子时，曾经有过种不可思议的滋味。额吉见我发现了她的秘密，局促不安地要离开小牛犊。可是我，——我就是这样建立了我和额吉两人的神秘世界——我轻轻地拉住了她的手。额吉犹豫了一下，接着就捏紧了我的手指。她的骨节又糙又硬，似乎还颤抖着。我心里虽然很快乐，但我不明白这不可思议的滋味。

（额吉，就这样开始行么？）

入夜了，包外传来悲哀又遥远的狗叫。隔着一层毡子，我听着外面沙沙低鸣的牧草的潮声。丹巴又沉浸到他那只半导体里去了，包里只剩下我和额吉两人还没有睡。我觉得她的身材非常单薄瘦小，我猜她年轻时至少是个非常苗条的女人。她低垂着眼皮，把一支新的烟接在吸剩的烟蒂上。我知道她垂下眼皮是因为她发现了我又在瞧她，于是吓得赶紧又转过了脸。羊油火苗的黄色光亮映着她的脸，那脸的肤色被照得像镀过的金属一样。“……坚忍”，我费劲地想出了个词。额吉为什么是个坚忍的人呢，我胡猜着，不禁叹了口气。蓝猫家的额吉是个絮絮叨叨的和气老太婆，南斯拉嫂子是个快活得整天大笑的少妇。只有你，我有些失望地想道，只是你额吉，总让人觉得那么沉重。炉膛里有一块没燃尽的牛粪突然冒出了火苗，一道红红的光亮在黑暗的天窗上摇曳。额吉仍然静静地坐着，吸着她的纸烟。她的身影在那火焰亮起的时候，显出了一种我形容不出的、复杂的颤动。“睡吧，孩子。”她突然平静地对我说道。我使劲点了点头，裹着袍子躺下了。额吉扯过一条山羊皮缝的皮被子，仔细地包紧了我的腿，接着她也靠着我躺下了。我感觉到她那带着一丝温暖的白头发离我很近。我闭上了眼睛。草潮仍在包外沙沙地涌出响声、脸颊上拂着阵阵透过毡子的潮凉。我睡了，草原的夜正深沉。

[十一]

他满脸都是络腮胡子，黑糁糁的包围着两只猜疑的眼睛。小毛的嗓门又尖又响：“你说，你是几方面军的？”顺着洮河那一边吹来的冷风啪啪地摔打着门扇。“四方面军！哦，那又是哪个军的？”真讨厌，这丫头片子像审犯人呢。四壁长着黑滑的烟油和黑霉苔，屋顶有一角塌漏了，泻下一道雪白的阳光。屋角堆着一些油漆刷子和红红绿绿的漆桶。“太好啦！”小毛快乐地蹦了起来，而黑络腮胡子却警惕地退了一步。“红军！嘿，真来劲！”小毛一把抓住了他的手拼命摇。冷风啪啪地摔着门扇，我想过去关上那扇木板门。再摔就要碎啦，我想。“我们？我们和谁也不一样。”大海威风凛凛地回答，“我们是红军。”这是真的，我想，就让大海去跟他聊吧。我迈步走出屋门，搬了两块石头把破门扇夹住。吱吱的锐声立即在门板上颤抖着尖叫起来，可是这下子门摔不碎啦。我满意地想着，顺便瞥了一眼那山野。对面的山岭都遮着灰灰的林子，山顶上也毛刺刺的，辨不清山脊的曲线。甘肃的南半边，我沉吟了一下。我觉得我的脑子里已经充斥着各种各样的雄壮的景观。

立正时，向右看齐动作要记清
排头的报数，数数数呀
一二三四五
在家中，受人压迫才来当红军
为我们穷人谋解放呀
一齐闹革命

小毛尖声尖气地唱着。她的表情那么认真和感动。黑络腮胡子呆愣愣地立着，两腿叉得笔直僵硬。我靠住了墙，心里说不出是激动还是胸有成竹。这是第五个啦，我默默地想，这一个流落下来以后，当了一名漆匠。这时大海忍不住了。我一听见大海的男低音就犯愁，可是我只有硬着头皮听。大海唱着，五音不全地随着小毛脆亮的尖嗓子：

亲爱的工农同志们哪
青年哎子哟

我们的红军是多得很哪

我唱你来听呀青年们哎子哟

黑络腮胡子突然一蹲，两只大脚扒着泥地。屋顶角落里泻下的那道阳光里飞腾着尘灰。小毛和大海还在拼命地唱着，一支接一支地唱着。强劲的山风猛地撞倒了石头，门扇啪地摔闭上了。屋里黑暗了一瞬。我听见一个哑哑的声音在哭。门扇又哗地被风掀开，屋里又刷然雪亮。黑络腮胡子抱着头呜呜哭着。我心里酸酸地涌上一阵浪，我差点也哭出声来。在兰州和西宁，像这样的流落红军，我们已经见了不知多少。小毛唱着，她的歌声嘹亮坚决，气忿忿地愈来愈响。大海唱着，他的歌声笨拙粗低，好像在使劲地发狠。后来走上长征路以后，这是沿途见到的第五个，我想。这五个全是红四方面军的。黑络腮胡子伤心地蹲着呜呜地止不住哭。

蒋光头着了慌呀隆哟喂

他去找刘湘呀隆哟喂

刘湘的队伍呀不怎样哪，隆哟喂

缴他的机关枪呀隆哟喂

……

黑络腮胡子呼地一声站起身来，他一把抓掉了满脸的泪水，突然打雷一般地大喝道：

"明天，我送你们一程！"

[十二]

满山遍野的草浪像金绸覆盖。我用左手的食、中、无名指勾着瞄着黄马的屁股。唉，我的马瘦啦。三根手指头真奇妙，用三根手指头描写马膘能描写得极其准确。我一抬中指，妈的我的黄马成骷髅了。我抬抬无名指和食指，于是膘情迅速鼓胖起来。

黄马希腊可是真他妈的——瘦啦。我又禁不住抬起左手中间那三根指头来。秋凉了，风硬了，可是我的马早早地掉膘了。我突然想到额吉那双冷冷的眼睛，我的心绪陡然坏了。

黄马希腊，你能跟我一块跑多久呢，刚刚骑了几天你就瘦了。我缓缓地举起手指头。

我缓缓地把三根手指头平伸出去，然后慢慢地一丁点一丁点地弯着三根手指的关节。我想准准确确地摆一个真正骏马的、不瘦，绝对不瘦但也别肥得没样的手势。

我从背包中抽出了蓝布条草鞋。给我打这双草鞋的人是原来红三十军的一个手枪排长。小毛洗了她的八角帽，帽箍上用红色印着"不胜不休"等几个红字。大海打着人字形裹腿。洮河在静静地淌着，河心漂着一束无人看管的原木。大山朦朦幢幢，仍然是那样毛糊糊的一片灰色。小石板路上露水湿淋淋地闪亮。上了大道以后，山峦在两侧齐齐闪开，只有洮河碧绿滞缓的中流和大道时近时远，笔直地威严地通向前方。今天我们的长征队有四个人，有三个头戴八角帽的像是正规红军的少年，有一个衣袄破旧完全一副老百姓样子的红军。黑络腮胡子被机枪打中的时候是副连长，大海说那梭子机枪稍微偏一偏你今天就至少是少将。绿绿的洮河水是强忍着激动，它舍不得我们它想和我们并肩长征。冬天的大山灰影幢幢，我觉得它饱含着深重的悲壮。悲壮，我看了看小毛紧紧抿住的嘴唇和大海跃跃欲试的眼神。我记住了，我默默地想。将军“流落”了,今天我如镂如刻地感觉到了革命的悲壮。

黑络腮胡子大步走在小队前面。我望着他老虎般威风的后背，心里满是说不出的自豪和得意。他有一种千年不遇的痛快。他像是老虎出山鹰出铁笼一样地浑身痛快。小毛突然咯咯咯地笑起来了，真来劲！她嚷嚷说。大海晃着脑袋吹牛：全国全天下，我敢保证没有别人能跟咱们比啦！大道笔直坚硬，群山闪到两边。洮河水汩汩地流淌着，紧贴着这条红军走过的路，紧贴着这条红军和我们正在走的路。

那个黑络腮胡子的乡间油漆匠送了我们整整六十里。

我们留他住了一夜。第二天在早晨我们分手了。他要赶六十里回家，我们要继续前进。我们紧紧握着手，都忍住了，都没有落泪。

[十三]

傍晚，西天燃起了照人的红云。我听说额吉赶着牛车去运牛粪了。两个小孩正在包门前沐浴着红霞的营盘上玩。小巴特尔鼓着腮来回奔跑着，学着一匹骆驼。红艳的落霞染着我的手、我的黑布袍子的前襟，染着我的马儿的剪齐的细鬃。充斥视野的这种金红使人心神不宁。我没有下马，犹豫地望着金红闪耀的草原。

我觉得有谁在凝视着我。

大白马“亚干”突然停止了吃草，立定了盯着我。在这片早晨青濛、秋季金灿、晚暮里一派通红的草原上并没有一处叫作阿勒坦·努特格的地方。政治风暴在悄无声息地涌动着，昨天开会时听说我们这儿有潜藏的叛国投修的特务。那匹大白马昂头注视着我，额吉已经几次劝我用希腊换这匹笨壮的白马。为什么呢?我不安地想。举目四望，原野在霞火中混沌苍茫，天际的山影已经模糊难辨。晚霞中依然倾泻着无声的水一般均匀的暮色，我觉得有一个讯息在逼近，在轻柔地侵蚀着我此时的躯壳，也在沉静而不容情地剥去着我心上的一层北京学生的肉膜。我渐渐觉得烦躁难忍，猛地勒住了黄马希腊的口嚼。它优美地一弯脖颈，但我却瞥见了远处静立的那粗壮白马。我被惹怒了，我感到了一种纤细的危险。我重重地一踢马腹，纵马驰出营地，向红色的黄昏奔去，我想帮助额吉运牛粪。

疾驰着我仍觉得有谁在凝视着我。

我还从未到过古赫哈达这一侧的山地，也从未见过青柯尔·敖包神山。额吉穿着一袭破旧的棕褐色夹袍子，满头斑白的头发在秋风里一摇一飘。这一带草原陌生而寂静，被涂上了浓红的草波在这里变得沉重缓慢了,像烧熔的岩浆在艰难地涌动。松木车“达瓦”被放下双辕，它的头高高翘着，瞄准了青柯尔·敖包神山的山巅。那座山，唉，那座山么，额吉总是说半句话。我觉得神清目明，山里陌生的景色使我心里感到快意和新鲜。四野太寂静了，天地间只有我们。我简直不能相信，一个劲地东张西望，顾盼四面的山口和平原的边缘。红暗的晚暮草原上真的没有别人，没有任何别人只有额吉和我。

我还是觉得有谁在凝视着我。

那座山呐，额吉疼爱地说。我听不清楚她的意思，不知道她为什么这么疼爱地说话。在她那口气里，大名鼎鼎的青柯尔·敖包神山也变得像一只小羊羔，也变得像是她的孩子了。唉，额吉真怪，我叹口气想着，用我的黑袍子前襟兜来了一捧捧牛粪，轰轰地把牛粪倒入松木车达瓦的栅圈箱中。

我突然想起了一个问题：

“额吉，哪个地方叫阿勒坦·努特格呢？”

额吉身上披着晚霞，灰白蓬乱的发上薄薄地闪烁着一层铜色。她的那件袍子太旧了，油斑奶渍使那褐色的夹袍显得又硬又厚，仿佛是一袭真正的铜甲。那座山哟，登上去要累垮一匹好马，她说道。你年轻时究竟有多美呢，我忍不住心里的这个放肆的疑问，或者说究竟有多苗条呢。一根烂绳般的腰带束着额吉瘦杆儿似的腰，她伸出瘦嶙嶙的两只铁爪般的枯手，动作粗狠地划着抓着地上的干牛粪。唉，我叹了口气。这种话我当然不敢问呐，我失望地想道。心头又闪过打马鬃那天小遐那青春的舞姿。你年轻的时候也跳舞吗？你为什么也像男人一样存着一盘马鞍呢？如果兵团要划走青柯尔·敖包一带的草原，难道你也会穿上一件屎黄棉袄吗？那匹白马，我烦乱地想，你凭什么认为那匹暮气沉沉的大白马要强过我的"希腊"呢？

回路上，额吉默默地坐在木车辕上。我骑着马走在牛车旁边。我们穿行在一个被晚霞变得庄严的世界上。望着这烧熔的金属浪涛的蠕动和伸延，我渐渐地也沉默了。我的肌肤和心脏都像裸露在风里和霞焰里，我觉得周身满心都冰凉洁净。我不再东问西问了。额吉不回答我。我问过关于改成兵团的事，问过传闻中的特务的事，问过大白马和松木车的事，但额吉总是说半句话。额吉不愿意回答我。我知道我正靠近着一个无形的关口，我不知道自己是感到恐惧还是感到兴奋。茫茫绵延的草海抽掉了最后一丝风，静静地等待着落霞沉没。额吉倚在我马右的松木车上，但我觉得她和我之间离得那么遥远。木轮稳稳地碾上泛来的波线，马蹄轻悄地淹进浓红的浪头。侧后方青柯尔·敖包神山的淡蓝色远影一摇一摆地后退着远去，像是凝神屏息地告别着我们。每一个浪头和每一道弯弯的潮都随着我们的蹄步和轮辐涨落，我望着它们但我不明白这一切。你这小伙子，进监狱像上幼儿园。草原太辽阔了，额吉说在青柯尔·敖包的山顶可以看见整个内蒙古的七七四十九旗。我们红军是穷人的队伍！在我们驻扎的塔布太五座小丘外面，原来还有古赫哈达那样陌生又新鲜的群山。在阿勒坦·努特格大队之外有全部乌珠穆沁旗明珠般的草原。六百匹棕黄色的马群里啊，有一匹白斑马模样好看……在乌珠穆沁左右两翼的牧场之外，我知道锡林高勒盟是北方最美最富饶的著名草原。在锡盟的那座奇妙的圆盘般的小敖包山上，我看见过古代蒙古人会盟宣誓的遗迹。黑络腮胡子抱着头呜呜地哭着。大山灰影幢幢。将军“流落”了。再远呢？我想，再远的地方我只在初中地理课本里读过。内蒙古高原覆盖着万里绵延的牧草；它东接大小、兴安岭和黑龙江，西连瀚海沙漠，联结着新疆的干旱戈壁。

原来是你在凝视，草原。我突然悟出了。我终于觉察到了：原来这环抱着我的沉默草原一直在注视着我。原来除了深不可测的蒙古额吉之外，原来除了蓝猫的诗和小遐的美之外，我的生活中还有你，草原。

我们穿出了古赫哈达的山口，宽阔的伊和塔拉大平原突然推出，拥到眼前。真辽阔啊！我暗暗惊叹起来。平原像是一片波澜不兴的舒展的海面。在这里落日尚未沉没，圆轮子般的一个熔化的红球在西天尽头正急剧地弹动。蓝猫讨厌地一下子挑开了帘幕，不征求我同意就掀开了我的心。那个花枝招展的女生躺在宿舍楼门口的地上，一件弹力衫紧绷着她平平的胸脯。那胸脯里头已经烧焦烫烂了。然而我知道我和蓝猫的友谊现在正式地开始了，这是一种我们尚未体验过的、骑手的友谊。额吉的沉默中总是有一丝又硬又韧的芯。她凝望着草原大地时的眼神使我觉得隔阂和疏远。好像她和我不一样，我费劲地琢磨着。好像她是……是一个知道一切秘密的人。她其实已经把我当成了知己，我敢保证，她和我的关系要比和丹巴哥哥亲近。但是她不告诉我。我觉得她不告诉我她知道的那一切，我只能忍着一种煎熬。

浓沉的暗红而明亮的霞云在伊和塔拉上流淌。塔布太小丘像烧红的五团火苗。草原觉察到了我的心思，开始不动声色地潜没。但我牢牢地盯住了它的那种眼神，我记住了它凝神屏息地注视着我时的形象。管他妈的。管他兵团要划走我们的牧场，管他队里阴险藏着的间谍特务。我默默地想。也不怕他假李逵和四眼戈切结伙跟我们对着干，我不怕。反正，无论如何，我已经真的在草原上生活下来啦。“草原”，我不禁念出了声。我禁不住微笑了，有额吉，有蓝猫，有舞蹈起来变成神女的小遐和别的朋友们，有我的骑马。无论如何，我要朝这神秘的草原走去啦。

此刻草原在目送着我。它的眼神柔和。

太阳烧得真的成了一个熔化的红轮子，像我们的松木车轮子一样又圆又不圆。黑黛的晚暮中弥漫起了温暖的炊烟，这一天终于过去了。我感到神圣、古怪和不安。我勒住马等着草原的日落。天上散满了雄壮的霞云。那烧熔的红球软软颤着，突然重跌下去，粘牢了昏黑的大地。

[十四]

黄土高原的沟壑墚峁是一块破碎的陆地。风雨残害陆地的手段要比残害人类的招数更触目惊心。老汉头上扎块白羊肚手巾，赤脚蹚着黄土的尘埃，想了想，他再也没有别的好唱了："一把拉住哥哥的手,说不下日子不叫你走。"其实他还能唱些有章法的，可是他觉得唱这个更有趣些："白马备的蓝褥子，上级的命令没日子。"

"陇"是山名、地名、省名，更是一个暗含肃杀的可怕名字。河州东西乡，海固几道川，无水的干旱荒山里住着被官府安置于此的西北回民义军的后代。年轻尕娃的腔子里总是熊熊烧着一股烈火。但天时调顺，国泰民安，冬季里的洋芋、春荒时的杏树叶还要稳稳地把他们养活下去。尕娃怒冲冲地唱开了："河州城是九道街，女子中的尕豆是好人才。"荒山无人，黄土不语，他愈唱愈凶愈唱愈野了："马五阿哥太哆嗦，一会会做了个九家伙。"

新疆北部的高山草原上住着一支支语言古老的厄鲁特、土尔扈特、乌梁海、察哈尔蒙古牧民。他们扎营时立起一顶顶用白桦木当支棍的三角形毡包。比起毗连的大陆北方，比起他们憧憬的内蒙本部地方，这里奶酒的酿造量大得惊人。老妇醉酒的现象也是内蒙本部远不能及的。有时在夜半时分，万籁俱寂中突然会扬起一种撕心裂肺的歌声。人们惊醒后要听上好一阵，才能辨出那是一群白发苍苍的老妇人在歌唱："哥哥若是问起我的时候，你说我壮实得能和犍牛一起拉着牛车。……弟弟若是问起我的时候，你说我漂亮得还和马莲一起开着蓝花。……”兄弟姐妹，她们是要礼节十足地依次唱遍的：“妹妹若是问起我的时候，你说我轻闲得又和鸟儿一起哼着歌子。”但是唱到“嫂子”时歌词陡然一变：“嫂子若是问起我的时候，你说我只剩下一条命了。”

我走遍了这片大陆的北方。我今天和今后仍要在这片大陆的北方奔走。我的双眼已被它的风沙尘土打得浑浊，但我的双眼也已经能锐利地看见本质。辽阔又壮丽的景色使我目不暇接，此伏彼起的各种歌声源源地流来，滋润着我的心底。我总是感动不已，我又感到难言。一股巨大的无形的亲近强烈地吸引着我，使我一天天和同样巨大但有形的环境分离。为什么呢？我不知道。我只知道前方的贫瘠中闪烁着高贵，枯焦的黄土中埋藏着瑰宝。

[十五]

天山远近的山峦都是雨雾濛濛，轻轻洒下的雨幕遮住了山顶上阴坡密密的松树林和云杉林。山里空寂无声，处处都弥漫着雨腥和凉气。回头望去，大坂已经消失在那一派迷蒙之中了。

他大步地走着踩着一条黏腻的、被成队的牛走得露出泥地的小路。小路只有一尺宽，牛群排成笔直的一路纵队每天从山里顺着它朝毡房走来。毡房已经再看不见啦，毡房和那位瘦削的老太婆已经消失在茫茫雨雾里。分别的那一刹间，我说 :“再见，xêxêm ! ”像她一样，我也使用了 m 这个领属成分，像她对我一样，我也把她喊作了“我的母亲”。两侧湿湿的山影在移开着，原来被嵌在一条缝里的天空渐渐变得茫茫又开阔。他加快了脚步，对准了出山的方向。像她一样，我也喊道“xêxêm”，虽然我知道，我们永远也不会再次重逢了。

杨阿訇在毒烫的阳光里跪着，双手摊开向着那蓝晃晃的天空。他的脸上没有一滴汗水呢，只是红得像烤干的血。蒿子草挤拥成一道密不透风的高墙挡住了外界的耳目。杨阿訇跪在一双黑布鞋上，浴着金针般烤着高原的阳光。“苏热”像悲愤的诉说，像圣洁的音乐般念起来了，无耻的历史躲开了，残酷的烈火熄灭了，牺牲的疼痛淡去了，伪善的时间停滞了。只有高傲的愤怒、只有纯净的信念、只有深重的敬爱随着悠扬的“苏热”在弥漫飘游。

已经看得见出山的大道了，雨已经变得小了。他忍住肿起的两腿上传来的疼痛，使劲迈着步子。越过大坂以后，他就打发向导返回了，向导说那个毡房里有一个好心的女人。向导说得不假，他默默走着想，她是个好心的女人，像母亲一样。天山在淡薄了一些的雨幕中显现出来，近处的山峦上松杉笔立，巨岩嶙峋。有一片两山相夹的草地光洁地舒展着，他在那草地上第一次看见了天山里的羊群。所以我说“再见，xêxêm”！再见，我的母亲！

第一次踏上西海固的土地时，他心里满是不安。在乌鲁木齐，在伊犁，在兰州，在河州，他一直盼望着到西海固来。长途公共汽车在焦旱的山峁沟峡间一悠一晃地行驶着。黄褐色和浅黄色的秃秃山头在阳光下波澜滚滚。西海固，他稳稳坐牢了自己的座位。多响亮的名字啊，西海固。汽车哼哼吼着，慢慢攀上了田坪山的圆顶。满眼无穷无尽的焦渴的荒山涌向遥远的低处。山连着山，峁靠着峁，一片贫瘠荒凉的世界在眼前出现了。这里不像内蒙古，他贪婪地盯着滚滚山岭。这里没有绿浪漾动和白雪覆盖的大草原。汽车猛地拐进沟里，在犁过的一块块坡地上，垄沟整齐地斜斜竖立起来。像补丁缀满的一件巨大的破衣衫。这里也没有天山腹地的湍流和云杉林，没有大坂旁边深深嵌着的几十米厚的蓝色冰川。汽车又冲上一道山梁，远处热旱的蜃气中浮现着一处散乱的村庄。清真寺！他惊奇地盯着那座矗立在黄污的泥土小屋中央的碧蓝拱顶。清真寺，为什么在这样荒僻的穷山窝里有一座清真寺呢？他心里忐忑不安，他心里又冲跳着活力。我能理解你么？你能理解我么？汽车轰鸣着穿沟越岭，那座碧蓝的拱顶渐渐不见了。天气开始显出了一些昏暗，他端正地坐着，紧紧握牢车座上的铁把手。汽车还在山岭里穿走，他知道，他已经深入了西海固的腹地山区。

[十六]

他疲惫不堪地斜倚着一棵枯柳，嘴唇艰难地半张着，吞咽着南麓干燥的热风。要歇一歇，喘一会儿。他想转过脖子望一眼天山的方向，可是脖子又重又硬，他只斜过眼睛瞟了一下。那边蒸腾着蜃气，白茫茫的大地上蒸发起来的蜃气。大坂，他默默地呼唤着，大坂已经不见了。有一条硬硬的石渣公路向南通去，南方也是白茫茫的蜃气在流动。大坂，他觉出自己心里很激动；可是脸上的皮肤又干又硬地紧绷着，他觉得这皮肤弄得他冷漠麻木。你呢，你怎么样？他又默默地唤着妻子。出发那天正好接到了电报，她说她流产了，正在医院里抢救。我已经越过了大坂，这座大坂海拔三千六百米，山顶上嵌着二十公里冰川。大坂已经被我征服啦，他使劲想在心里发出一个声音来。大坂已经被你的丈夫征服啦你看它已经被远远甩在了那片蜃气的后面。他累极了。他心里不住地呼喊着，但他的两只眼皮沉沉地合住了。大坂……他喃喃着，靠着那棵枯柳睡熟了。他呼呼地酣睡着，一直到马达的轰声响到耳朵旁边才突然惊醒。一个满脸油泥的维族司机探出头来，惊奇地望着他。向导说得对，他使劲绞动着凝固住的脑浆，费劲地爬了起来。向导说过这条路上有卡车在运羊粪，他跌跌撞撞地走近前去，尽量瞄准车门的把手。

“你哪个地方来的？”维族司机用生硬的汉语问道。

他握紧车门把手。他觉得自己的手指在舒服地抚着那金属的把手。他一下子垂下头来。

卡车扬起滚滚烟尘飞驰着。车上满装的干羊粪末在噗噗地溅着。他呛得快要憋死了，但是他睁不开自己的眼皮。驾驶室里挤着三个人，我只能坐车顶，坐在羊粪上，他昏沉地想道。但是，大坂，你的丈夫已经越过了大坂。他张大嘴巴，急促地喘着。鼻孔已经被尘土和粪末堵死了。可是咱们的小宝宝也许是个活泼可爱的小男孩他已经死了他永远也不回来了。别哭我说你别哭咱们还可以生一个女儿生一个更加活泼可爱的小天使。他终于挖出了鼻孔里堵着的那块粪土塞。他瞥见手指上红红的，可是鼻孔已经顺畅，热风正顺畅地吹入鼻孔，一直吹进胸腔。我难受我心里难受你知道吗你是母亲啊。而我是父亲。他使劲抹了抹鼻子，手上立即沾满了鲜红的血。儿子牺牲了，他牺牲了，但是你要想到：我已经是父亲了。卡车疯狂地奔驰着。顺着大陆的倾斜面，卡车疯狂地奔向绿色的盆地。我今晚要找一瓶酒，我要大醉一场，我今夜要喝个酩酊大醉，为了牺牲的儿子，也为了这第一座大坂。

车在灯火璀璨的小街上停止了。他滚下车厢板时，踉跄了一下。但他一眼瞥见了路边的水渠，黑黑的渠水正在夜色里诱人地哗哗响着。他一声不吭地蹲下去，嗵的一声把头和双手淹进水渠。他闭住眼睛和呼吸，他听见风裂的脸颊和焦干的手臂发出嗞嗞的吸水声。

洗过脸以后，他发现那维族司机还在站着。

"你，那个大坂，下来的吗？"

他点了点头。“Rahmet sizgê！”他发现自己的这句“谢谢”说的是哈语。他立即想起一张雨水淋湿的老太婆的脸庞来。他望了望天山的方向，但是黑暗已经吞没了一切。

维族司机停了一会儿才说：“Siz batur。”

他在说“您是个勇士”，他说我是 batur。

[十七]

不知从什么时候开始
我变得不像我了
像枯叶随风飞舞
像小船逐波飘荡
我为了再一次
为了再变成我
和这把我抚育成人的世界
道别，踏上旅途
为了相信——
我怀疑着，只能向前
向着自由的长旅
我走到了今天
向着自由的长旅
我独自一人

这条道路通向什么地方

我至今不能知道

我知道的只是

它会有一个到达的地方

那地方在哪里

那里又有什么

我不知道就已经独自一人

道别，踏上旅途

为了相信——

我怀疑着，只能向前

向着自由的长旅

我走到了今天

向着自由的长旅

我独自一人

这是什么？他觉得在脑子深处有一根锐利的针在继续刺进去。应当找到这个歌手，他尽量保持住冷静的思索。我到日本来是为了什么？这歌手是谁？他紧张地捕捉着攫获着空气中流浪着的一个个音符。这嗓子充满了一种纯净的美。这嗓子又使人莫名其妙地感到一种凄惨和痛苦。

[第 二 章]　雪地上的马蹄印

[十八]

胡天八月即飞雪。

我骑在马背上，心里惊奇地想着这句厉害的唐诗。真是一点不假，今天是九月二十六号，阴历还在八月，草原就变成一片雪白世界啦。

大雪纷纷扬扬地飘着。初雪清冽沁人地滤净了空气，但并不使人觉得寒冷。我家的勒勒车队吱吱地碾过草坡上晶莹的新雪，慢吞吞地朝西迁去。丹巴哥赶着羊群先走了，嫂子在棚车里搂着孩子押尾。我骑在黄骠马“希腊”身上轰赶着乳牛和牛犊；一会儿走到车队后面和嫂子闲扯几句，一会儿跑到前头追上首车上的额吉。

额吉瞟我一眼。我辨不清她的眼神里是怜悯、是疼爱，还是厌烦、戒备和掩饰自己。额吉聚精会神地坐在松木车辕上，大声吆着我家最健壮的宽角青牛。但我看出了你心里的紧张，额吉。我知道你一直盼着这次搬家，你恨不得早十天就搬家离开这里。丹巴哥说咱们稍微往西挪一点吧避避那几群马；但我知道丹巴不过是顺从你的主意。生产建设兵团在东边已经开垦了大片的耕地，但我知道你虽然朝西搬却不是因为害怕他们。你也不是害怕草地上愈来愈热烈的挖肃内人党的风暴，那风暴不会和你一个老婆子有关系。但是我早就看见了你那副急切的神情，咱们家决定搬到大队地界西头、决定搬到我们从来没有去过的白梁青营盘去的那天晚上,我真真地看见你如释重负地吁了一口气。为什么呢,额吉。我觉得自己挺心疼额吉的，尽管换个新营地使我很快活。为什么呢，额吉，你心里究竟藏着什么，使你这样不安宁呢?

我不再去陪着她老人家费心伤神。我在鞍上扭扭腰，舒服地伸了伸脖子。松木车的圆轮子默默地碾过白净的初雪，我一下子联想到小遐就住在白梁附近。大青牛宽展地斜立着两支黑玉一样的漂亮犄角，它身上的青毛皮纯得看不见一簇杂毛。陌生的草滩盖着白雪，随着地势起伏着缓缓涌来。我看着这陌生的地方心里又新奇又兴奋。黄马希腊时时弯下脖颈，用毛茸茸的唇去嗅自己的胸脯。我欣赏着自己坐骑的优美姿态，心里满是说不出的得意滋味。

“吐木勒，你呀。”

我抬眼看着额吉。额吉不理睬我，“咴咿——”她威风赳赳地一抖牛缰绳。有两片轻又大的雪片正巧在这时飘着落上了她的额头，我看见那两片白白的大雪片在她的皱纹上融化消失了。

“吐木勒，换马呀。”她又突然说。

什么？换什么马？我瞪大了眼。

“吐木勒，不能再耽搁呀，快换匹马呀。”

我喊起来：“我的希腊——”

额吉冷冷地瞥过一眼。我抽了一口冷气。她又一甩牛绳继续赶车。几片雪摇摇曳曳地，终于粘在了她蓬乱的头发上。

“你的这匹马，”她说，“唉——”

我急得要发疯。

她说了一个词，像判刑似的轻轻说了这么一个词：

“角合斯那。”

我像挨了雷轰。抬眼四顾周围还是白雪草原。双腿一夹，黄骠马希腊立刻一阵抖擞。我懂得这个词，角合斯那就是趴蛋。这样的马走不到目的地，半路会累垮卧下一步不迈。角合斯那……我嘴里好像堆满了激烈的反驳额吉的话，但我说不出来。我已经察觉了，其实我已经有预感：希腊的肚腹太细，吃草太少，今晨走上雪地以后，我已经开始觉得它的腿软了！

“那——”我喊起来，“那，我骑什么马？！”

“白马亚干。”额吉平静地说。

“我不要！老马！笨马！又慢又赖的马！跑不快！出了汗浑身黄不黄青不青！……”

但额吉又是用一个词打断了我：

“白马它……角合斯怪。”

这个词是草原上形容真正好马时才用的词。它是刚才那个鬼词的反面；字义里有着“决不止步”，有着包括一切恶劣得不可想象的条件下仍然“决不止步”的语气和内容。

我将信将疑地沉默了。

第二天，我把黄马希腊放进了大队的马群，骑到了大白马“亚干”的背上。迁徙的目的地是白梁上面的青营盘，我继续赶着牛犊和乳牛前进。雪还在纷纷扬扬地飘着，远近都淹入了一派混沌的白色。额吉原样盘腿坐在领头的松木车上，在雪雾中纹丝不动地盯着前方。现在我是个白马骑手。

我家的勒勒车队费劲地压着白雪，低微地响着一种不易听清的沙沙声，在沉默中向西缓重地蠕动。

大白马如同一座石雕。骑在它身上像坐白色的石头车，又像骑着一峰石头骆驼。它稳如泰山地撑着四根粗粗大柱般的腿，无所谓地东张西望。它满不在乎地踢开积雪，用重蹄把一块裸石打得冒出一串黄亮的火星。它一面小跑一面准确地啃着一簇簇露出雪面的马莲肥茎。它不等我发出指示的动作，就随着我的心思所至忽左忽右，拦截那些乱窜的小牛。我骑在它背上体会着，心里说不清是新鲜满足还是无奈遗憾。我不敢无视额吉的警告；我刚刚看见了八月的初雪。我的户口本上写着“职业：牧民”，我预感到从今以后一个个冬天的残酷。嘿，大白马，我的无言兄弟！……我忍不住抚摸着亚干的硬鬃，心里不知为什么有些难过。

白马神气地晃着头，大步踏着雪地走着。隔着白茫茫的雾幕，我看见我们家的勒勒车队变成了一串模糊的灰影，正不停歇地蹒跚颠簸着移动。风势逆着我们，雪地不见道路。

冬季雪路上的迁徙开始了。

一个个木瓣轮子歪扭着，从雪地中转了过去，各自碾下深深浅浅的辙印。

[十九]

他写好了最后一个字，把毛笔插进一支用子弹壳做的笔套里。他擦了擦手上的墨污，顺势把汉阳造步枪背得更舒服些。接着他就跳下梯子，脚咚的一声重重跺在石头上。他没有站稳，摔倒在栈道的边棱上。他猛然间瞥见江水正在身子下面疯狂地朝他呼喊，他心里微微一动。他在栈道上快步走着，腐朽的栈道上的铺板在脚掌下咔咔地裂响。他的八角帽上钉着一枚红布剪成的星星；那枚星星已经破烂，辨不出是几只角了。腊子口方向隐隐传来沉闷的炮声，像是在薄铁皮上滚着一堆沉甸甸的铁球。他觉得脚踝疼，但他没有留意。他在疾走中匆匆看着江岸上的绿竹子，他觉得甘肃和他南方的家乡好像也有点相似。枪炮声愈响愈急了，他拔腿开始跑步，陡陡地冲下栈道。

队伍已经走远了，他忍住脚踝的疼痛，拼命地跑着。要在天黑前追上队伍！他想着，咬牙忍住剧痛。竹林子哗哗摇曳着闪向背后，斜阳的桔黄色光线被闪过的竹林打得成了一片金色的火星。他觉得晕眩，胸膛里的那颗心忽然跳得清晰了。怦怦地急跳着，带着一团混浊的嗞响。我没有力气了，他心里闪过一个不祥的念头。但是前方的枪声正响成一片，他愤怒地把脚狠狠地踏出去，整治着自己那只不争气的伤脚。渐渐地那只脚麻木了，他不再觉得疼痛，心情也轻松了一些。他奋力地追赶着部队，夕阳把他背着枪的身影长长地映衬出来，越过染成金黄的江水，映在对岸的石崖上。

有谁重重地推了他胸口一把。他浑身一震，随即猛地扑倒在石堆上。同时他听见了一声焦脆的、拖着尖锐尾音的枪响。他看见鲜血正从胸脯上咕嘟嘟地冒出来。他奇怪地想了一下为什么不觉得疼。他费力地扯住枪带，把汉阳造扯到身子前面。他借着大石头的掩蔽半倚半立地占好了位置。枪托上缠着的铁丝划了肩头一下，他好像听见了哧的一声。他好像觉得军服撕破了。他瞄准第一个白狗子的时候又晕眩了一下，于是他的手滑了，勾响了扳机。他看见那个白狗子还在跳着。在他的背后又跳出几个白狗子来。他们像跳舞似的跳着。我累了，我身体虚弱了。他想着沉静地勾动了第二下扳机，打得那个白狗子翻了个筋斗。第三枪他又打倒了一个，但是后来的几枪他又打空了。白狗子们开始趴在石头背后，不打枪也不冲锋，像几条静候着的胆小的狼。他觉得脖颈已经支撑不住自己的头颅，就把脸靠在破枪托上，不让头垂下来。我的腿不好，他想，虽然扭伤了，可是这两条腿站得还稳。黄昏的河谷里寂静了一阵。怦，怦，他又听见了自己清晰的心音。这么慢啊，他吃惊地想。胸脯上的血也冒得慢了，咕噜，咕噜。我累了，他想道。他瞄着一个白狗子露出的脑袋已经瞄了好久，他坚持不住这么瞄着了。于是他扣下了扳机，那个白狗子的脑袋不见了，他不知道究竟打着没打着。他又瞄上了一个，可是他的脑子突然被一片黑浪淹埋了。他拼尽全力靠住枪托，绑着枪托的铁丝刺进了脸上的皮肤。白狗子们仍然在对面的石头背后趴着,不打枪也不冲锋。他竭尽全力直挺脖颈。白狗子们耐心地等着,像几条耐心的狼,就是不冲锋。他眼前闪乱着五彩的火星。怦——他没有听见那声音再响。他的头颅一下子歪倒了，浸在一汪浓稠的血泊里。

白狗子们仍然耐心地趴着，就是不冲锋。天黑之前，白狗子的大队开上来了，骡子拉着的炮车轰隆隆地轧着石路。那几个白狗子爬起来，走过来，走到这块大石头旁边。有一个白狗子抽出刺刀，剜下了这个红军尸体的两只眼睛。

[二十]

长征无休息。沿着这条河岸，我们不知走了多久了。头发丝被煤油浸得黑亮亮的，一股黄黄的水顺着这根头发淌了出来。岷山荒凉又苍茫，举目望去四野都是那黄黄的、沉默不语的荒山。

他满脸都是黑糁糁的络腮胡子，满身都沾着油漆的花斑点。他成了个走村串街的油漆匠了。一排嗖嗖尖叫的机关枪弹打在他的胸脯上，溅起一排噗噗的血。“刘湘的队伍呀不怎样哪隆哟喂，缴他的机关枪呀隆哟喂。”出发第一天迷了路，夜里我们野营的那个山沟叫什么地方？原来栈道是这样的：在滑溜溜斜插到江里的石头峭壁上挖进去一个槽，那个槽成了个侧立着的凹字。栈道曲曲弯弯地绕山转，我们也顺着栈道绕山转。娃们呀，我们给你们缝了红军帽，那些流落红军围着说。他们都是四川人，都是在长征路上走了两次草地的四方面军战士。小毛愤愤说：干嘛扔了伤员！白龙江碧浪翻滚。白色的泡沫溅上了半空。白龙江，我从来没有想过世界上还有你，我要是知道世界上有你我情愿不生在北京而生在白龙江上。小队艰难地前进，我们的脚上都打泡了，每天晚上用小毛的长头发蘸煤油穿血泡。黄黄的脓水顺着那根浸亮的黑头发淌了出来。大海，幸亏小毛是个女的，长着长头发！大海，你在想什么？大海说：我在想那个红军。他提着笔和墨桶，在栈道上、在麻牙寺、在红军走过的路上写标语。他准是年轻人。对，我猜他的打扮准和咱俩差不多。睡吧，明天早起赶路。白龙江轰轰响着，洮河静静流着，黄河还远在天边。黑络腮胡子今夜一定躺在他那间破屋里，屋角的顶棚里一定泻下了银色的月光。机枪子弹打得胸脯上噗噗地溅了一排血花，红军就这样流落了。不如牺牲呢！是吗，是不如牺牲吗？小毛，呸，不害羞！十六岁了戴上八角帽了还抹眼泪。不，别说我，小毛开天辟地第一次没有尖声骂起来。她的嗓音圆润得那么好听。我是觉得……你看那竹林子和那白龙江，你瞧白龙江它多好。我是觉得……你瞧咱们硬是和真的红军第四方面军第三十一军警卫营的一个副连长，你瞧咱们和他真的走在一起啦。我觉得真好……我心里想着：多好呀；可是，眼泪就流下来啦。你别笑我。轰隆隆！白龙江像一条疯魔了的碧玉龙，横冲硬撞地攻击着黑岩的峭岸，雪白晶莹的泡沫轰然炸开了，飞溅起来了。走呀，别停下，长征就是坚持。

群山尊敬地、静默地闪在两侧，一条坚硬的石道直直地通向前方。

[二十一]

查·太平是车老板查·黑虎的同胞兄弟。他们也来饮马了。初雪后井台上苫了一层牛犊皮，我揭开那块牛皮时心里有些忧愁。因为我早发现查家这两兄弟对我们家不怀好意。他们住在原来的冬营子里，住在远远的东方塔布太一带；他们跑到这里来干什么呢？白马突然打了个响鼻，我看着他们下了马。查·太平尖嘴猴腮，两只单眼皮的三角眼里充满奸诈。他把腰带高高束在胸上，活像个瘦骨如柴的黄脸婆娘。黑虎却雄壮粗大得令人心寒，听说这巨大的黑胖子独自一顿吃光过一头羯羊。黑虎看见我以后就“嘎、嘎、嘎”地怪笑起来，我听着浑身觉得冷飕飕的。抄起连着木棒的帆布桶以后，黑虎威胁地朝我揭开了袍领子。一大块黑橡皮般的胸脯上黄焦焦地生着乱毛，我禁不住想到一头扮成人形的巨熊。“嘎、嘎、嘎，北京浩特来的知识青年，也提起帆布桶饮马啦。”黑虎怪笑着，把水桶嗵的丢进井里。查·太平嘻嘻地也笑了，上下打量着，像打量一个脱光衣服的女人或是一匹三只耳朵的马驹子。“快去吧，吐木勒，”他尖声细气地说，“都要当兵啦，都要兵团啦，你还穿这蒙古袍子干什么？”黑虎哗一声把水倒进铁皮水槽，突然唱了起来：“十个哈纳墙的呀……大毡包，”查·太平接上一个尖尖的假嗓：“靠的是……一根呀……金柱子。”黑虎爆发出一阵嘎笑。我的大白马愤怒地挣了一下马笼头。他又接下去：“三个老婆的……老爷我哟，”查·太平拍拍我的肩膀。我哆嗦了一下，厌恶地一掌把他的手打开。“好好听！”查·太平盯着我说道，“爱的是……一个小老婆……”

我跳上白马，一把扯过马头。黑虎呼地跳下井台，劈手抓住我的马缰。

“你干什么？”我愤怒地吼起来。

黑虎又扯了一把领襟，那狰狞的黑橡皮毛胸脯露得更多了。“知识青年到农村去，接受贫下中牧的再教育，很有必要。”他背诵得滚瓜烂熟，而且把“贫下中农”改成了“贫下中牧”。

我瞪着这对兄弟，不知怎么办才好。

查·太平踱了过来，慢条斯理地问我：

“刚才，我们唱的那歌，听懂了吗？”

我承认："不懂。"

"回家问你家额吉，"查·太平笑着说，"她懂。"他脸上浮着放肆的坏笑。

黑虎猛地打了我的白马一拳。大白马凶恶地举起两只前蹄扒了他一下，但我死死地把马勒住。我心里紧张极了，但我清楚地知道必须忍住。他嘎声大笑着，笑着喘不过气来。"对……对！去问她！去问……你那额吉！"他高声吼叫着，"她懂！……"

我狠狠打马冲下了井台，心里羞辱和慌乱搅成乱麻。踢起的雪块飞扬起来，在马头前面扬成湿凉的雪雾，白马烦躁地猛甩着头狂奔。

那对兄弟在背后怪叫着："抓特务哇！抓特务哇！——"

[二十二]

那警察只剩下一身警蓝。他坐在那里一直到晚上，到晚上我才明白他也给装进来了。"喂，老兄，您怎么也进来啦？牢底还没让我们坐穿哪！"我过去嘲笑他。我背诗的时候他抽了我一个大嘴巴，打得我口腔里裂了一道口。我咽下那口血以后接着背："为了免除下一代的苦难，我们愿——愿把这牢底坐穿！"于是他就给我铐上了手铐。我倒背着手，凑在他鼻子旁边继续嘲笑他："您瞧我的手镯还是您送的呢，您怎么那天不留着，瞧，成贫农啦。"他被一根细铁丝紧紧绑着，我看见那根铁丝勒裂了他的皮，深深嵌陷在他腕上的肉层里。也许已经直接勒在骨头上啦，我想。我突然感到一阵不安。我蹓了几步，坐在凳子上。微弱的光线从这间临时牢房的小窗里泻进来。我觉得那黄色的柔和光带显得那么轻盈。坐牢已经十天了，我算着日子。捕我的警察也被捕了，真他妈的令人高兴。

反铐着的双手疼起来了，我忍着疼痛。“从门到墙是七步，从墙到门也是七步”，我默念着伏契克的《绞刑架下的报告》，我心里满是自豪与激动。明天是第十一天，我又一遍地算着。

那个扒了帽徽领章的警察缩着一动不动，一声不吭。黄昏的光线照不到他的角落，我只看见角落里蜷曲着一团警蓝色。他肯定疼极了，我内行地判断着。但是他一动不动，一声不吭。

[二十三]

石人在暮色流畅的雪原上显得浑重而光洁。我伸过手去，粗糙的硬石棱触到了手指，我觉得这座石人雕像尚有余温。我惊讶地后退了一步。石人通体用一条巨大的青石芯凿成，棱线果决而简单，左手持杯，右手扶剑，静静地屹立在深雪里。这是谁凿成的石人呢？唐朝？汉朝？我百思不得其解。

石人纹丝不动地站在我面前，毫无表情的脸上空睁着一对没有瞳珠的眼眶。刀斧在青石上轻巧地打出一道凿痕，就勾出了这一对盲眼。我摸了一下那眼眶，又触到了石头的微温。雪原在四野厚重地平铺着，没有一丝风。我叹了口气，决定走开回家。大队里弥漫着紧张的空气。昨天，听说黑虎和太平兄弟把老骆驼倌打了。蓝猫说，知识青年中戈切也参加打了，他们三个人把红鼻头骆驼倌堵在蒙古包里逼他揭发，后来就把老头打了。

我最后又回头望了望那座石头人雕像。离开一点以后它显得混混沌沌，眉眼更辨不清了。这块长长的青岩石直插在地上，积雪埋没了它的腿部。在那插进雪层的石腿旁——我看见了一条车辙印。

额吉，我惊讶地想，额吉来过了。

雪野起伏着，在日落以后冷冷地发蓝。我心里升起一种美的感觉，也有一种难以表达的、被禁锢的焦躁。这雪盖的草原太寂静太沉默了，我觉得它是故意又闭上了正向我敞开的胸怀，把年轻的我一下子挡在它绵延千里的白色化妆之外。我不高兴地勒转了马头，又默默地望了一眼那座青岩石人像，然后打马走了。额吉为什么要来这儿？

我咽下去，又把头仰起来。我同时咽下一点慌张和恐惧。那警察身架高大，腮上凶狠地鼓起一团肉腱。他们受过打人的训练，我想着。但是我一丝一毫也不想屈服。咽下的血在嗓子那儿甜甜地粘住了。“戈切在打老骆驼倌的时候使了皮马绊。他使皮马绊打，黑虎用脚踢，查·太平在一边出主意。听说黑虎故意踢红鼻头骆驼倌的老二。那家伙真狠。”蓝猫对我讲述说。蓝猫的声音颤抖着。我抬起眼来，看见蓝猫睁大的两只眼睛里满满地闪着恐惧。

“蓝猫，你是说，”我费劲地开口道，“他们踢、踢红鼻头的老二？”

蓝猫沉默着，不转眼睛地盯着我。

“蓝猫，你怕踢那儿吗？”我想开个玩笑。

蓝猫突然伸出一只手，抓住了我的皮袍子肩头。他的声音颤得厉害：

“发个誓吧：咱们生死与共，永不分开！”

我害臊得受不了。我使劲甩着他那只手。我想破口大骂他“酸”，可是我骂不出来。我嘴唇古怪地哆嗦起来了。

[二十四]

大海你说将来会是个什么样子呢将来当然是共产主义我说的是将来咱们在那里干什么像那个话剧那个《以革命的名义》里的两个小孩子一样喊喂未来的人们你们是什么样儿呀的时候咱们在那个将来会是个什么样子呢？

我不知道，我猜我已经完蛋啦

去你妈的大海你胡说什么呀什么完蛋

我愿牺牲

那咱们不说牺牲，当然，需要咱们去牺牲时咱们就去牺牲我说的是如果咱们活下来呢？

不知道真的我盼着牺牲我这些天一边走一边想为理想牺牲多

美好。

我想的可是另一回事我总觉得牺牲死了太简单啦恐怕咱们要走的路长得不得了

那是因为现在咱们正走在长征路上

发个誓吧大海。

你说什么发誓?

咱们永远不分开像红军战士一样生死与共

行我发誓可是——

可是什么

我会比你更早地牺牲我渴望壮烈地牺牲。

[二十五]

额吉坐在铁炉子对面，钳起一块干牛粪填进火焰里。熊熊的桔黄火苗不安地闪不安地跳跃。我披着皮袍坐着，一句话也没有说。丹巴和嫂子赶牛车去远处镇子打粮，包里第一次只有我和额吉两人相对独坐。多好呀，我不明白为什么心里会有这种留恋的感觉。

桔黄的火苗不安宁。火焰活泼不安地闪着跳跃着。包外白梁上顺坡吹下的冷风就是这不安的火苗么？草原已经失去了安宁迁徙已经开始我浑身都意识到住在白梁只是一次临时的歇息。白马亚干在雪落以后突然强硬地显出了它的威风：我的这匹大白骏马吃草吃硝土吃灌木枝吃面条饼子吃肥肉。它在冬雪中毛色蓬松润亮肚腹令人踏实地又大又圆一点不掉膘。额吉的奶茶烧得比南斯拉嫂子的浓得多。羊群中有一只黑山羊甩了羔，额吉每天清晨抓住那只黑山羊挤一茶缸鲜奶。那头黑山羊不安地咩叫。额吉的蓬头发被火焰的热浪掀着不安地飘拂。她伸过奶茶勺子时漫不经心地说："喏，吐木勒。"我举着碗看着一道棕黄的小瀑布从她手中泻进我的碗里。我轻轻喝了一口，一股滚烫深深地熨进了我身体里面。

额吉你也喝么。

我不喝。

额吉，你给我换的白马亚干，真是好马。（可是额吉查家汉子唱的那歌子是什么意思呢什么是一根金柱子什么是三个小老婆呢。）

吐木勒，你在刮白毛风的日子里给它喂上些肥肉，它就不掉膘——

（他们为什么那样狠地踢红鼻头骆驼倌呢他们踢男人的那个地方踢老头的那个地方。）

那匹马懂人性，也懂冷天要吃些肥肉。

不安宁不安宁我只觉得不安宁。

（这一切和您有什么关系呢额吉他们是对着您和骆驼倌两个人来的我看出来啦。）

你是个放羊人，是个活在野外的男人。有了这么匹马就不怕啦，再长的路也不怕啦。

再长的路？额吉，我们不是已经搬到这白梁来了吗？

要赶路，吐木勒。这个冬天要赶长路呢。

还要走长路？！

要走，要走啊。

（额吉你为什么总是渴望着搬家迁徙，难道你不觉得在冬天的刀子风里拆包手指头冻得生疼，难道真的是有个看不见的鬼在追你赶你，难道你——）还，还要走吗？为什么额吉？

小吐木勒。

哎。

你还不知道么，咱们要迁回阿勒坦·努特格去呀。

阿勒坦·努特格？

是啊。

额吉我怎么听不懂你说的话呀？

回家去。小吐木勒，咱们回家去。咱们的家乡在西边，在阿勒坦·努特格。不知道么？好多年以前，因为家乡闹了灾荒，咱们走场迁到这儿。唉，现在，该回去啦。

回去？大——走——场？

走吧，走吧走吧，回自己的家，回咱们的阿勒坦·努特格去吧，走吧……

她好似自言自语。我已经猝不及防，被弄得心乱如麻。她的嗓音里有一丝异样的颤抖。原来大规模的迁徙，滴水成冰千里白雪中的大走场已经近在眉睫啦。她长长吁了一口气，艰难地两手拄在膝上慢慢站了起来。我不知道她究竟是对这临近的大迁徙感到沉重，还是对即将离开这是非之地感到轻松。我方寸全乱，思路茫然。那个阿勒坦 · 努特格，那个我不曾见过的家乡，对于我来说实在是太陌生、太遥远了。我仰头望望天窗，那儿的一块半圆形天空也仿佛驻游不定，我突然发现自己已经被一种永无安宁的人生攫住了。

阿勒坦 · 努特格，我咀嚼着这个名字。

金黄的草原，金子般的家乡，阿勒坦 · 努特格。我无法理解。金营盘，金黄的旧宿地。我不懂。阿勒坦 · 努特格。

时间在那块半圆形的黑夜中稳稳行进，好像正把那严酷的雪路搬迁缓缓送来。我明白了，一切都是真实的，这个命运已经不能逃避。

那块半圆的夜空里游进来两颗亮闪闪的小星。额吉给我掖好皮被以后，就蜷缩在她的皮袍子里沉沉睡了。我们要上远路啦，像天上的游星一样。会有一大半知识青年留下来当兵团战士，但是我和蓝猫会随队上路。小遐呢？她也走吗？我睁开眼，那两颗小星星已经游出了天窗。我想起大地尽头那道神秘地卧着的地平线。原来是这样，我想，原来你一直在等着我。我有白骏马。我听见自己的心音呼呼响着。地平线，我有额吉的保护，我有蓝猫的友谊。我渐渐地陷进了沉睡。在睡梦中，我看见了一片金黄色的、金光灿烂的新鲜草原。

[二十六]

相信吧，我已经再不会失误
因为在你的眼瞳里
正清楚地映着一个我……
就像枣树的枝上又长出了嫩芽
我也会变得坚韧和长生
现在，让我伏在你的胸膛上
放下重负，喘息和安宁

我无法面向前方，前方空无一人
我不想回顾背后，背后人群挤撞
过去已经逝去
泪水早已堵塞
像他们那样笑么，我不愿意
每当和往日的温暖相遇
在无人处心中落下泪雨
对于我这一切就是生存啊
为着在我的身后
能诞生一个未来

[二十七]

他借到那辆倒轮闸的自行车以后就上了路。按照调查座谈会上搜集来的情况，不剌城应当就在这条河的哪一个湾子上。干燥的大地上满是碧绿的庄稼和树木，太阳像烧熔了一样，满天都淌着烫得蜇人的热流。不剌城，他吃力地蹬着自行车驶过松软的浮土。不剌城应当有一片废弃的铁匠炉，有一片条顿奴隶的墓地。从西亚迎面而来的商旅时常在不剌城给骡马换上铁掌，有的商人把货物卸在这个中继站上，只驮回条顿奴隶掘出的粗金回去。所以，他咽着口水润着喉咙，所以不剌城应当有金子。

这条河谷是新疆西部的一个死角，贯穿东西的丝道北线从一边，从这条河谷南侧的山岭外面绕过去了。他蹬着自行车，费劲地驶过一片片浮沙和松土，只觉得河谷里空旷得没有一丝一毫动静。他的唇上结了一层硬疤壳，天热极了。

不剌城，你在哪里呢，他使劲地咽着口水。根据访问获得的线索踏勘，他已经失败了三次了。那三处遗址都不是著名的不剌古城。该去哪儿寻找日耳曼—条顿奴隶墓地呢？

这条开阔的河谷里，居民的主要成分是厄鲁特人。不剌，这个名称已经被遗忘了，开调查会时他反复地用各种可能的读法来询问，可是没有人知道这个名称。厄鲁特人把古城叫作“得勒伯斤”，就是“四方形、四角”的意思。他把自行车扔在河岸上的灌木丛里，脱下鞋，赤脚走上高耸的河岸。赤裸的皮肤滑进干烫的浮沙，深深陷下去，触到了下面湿凉的沙层。他看见远处的天山已经被大地上蒸腾起的气流遮掩了，只剩下连峰顶上的积冰还暴露着，像一条闪烁的银霞。他歇息了一会儿，就朝河岸上的一户独立人家走去。三处名字叫“得勒伯斤”的城址全被否定啦，他心里觉得烦乱。那三处“四方形”和“四角”里，两处是清朝的营盘，一处是个大马圈。那些沙金呢？那些钢铁冶炼遗址呢？那些日耳曼一条顿奴隶的坟墓呢？他觉得两颊的皮肤干裂得疼痛，嘴唇上的血痂已经破了。

一座小泥屋孤零零地蹲伏在河岸上。

他大步朝那小泥屋走着。这是第四处，他想道，这是最后一处名叫“得勒伯斤”的地方。他只盼着在那座泥屋里讨口水喝，然后就滚蛋。完啦，他失望地想，根本没有城。他望着光秃秃的河岸地，这个鬼地方根本没有城的影子，连个“四角”也没有，更不用说城墙和宫殿台基。他走得又沉又累，头顶上那轮烧熔的太阳随着他把一种滚沸的浓液往他的脑袋上倾注。他走到那幢独立家屋门口的时候头痛欲裂。快找口凉水喝，他想道。他在敲那家屋门时回头望了望这片河岸地，他发现这儿地势很高，整个河岸地，连同远处河谷里浓绿的树荫和天山的银顶都尽在眼中。河水闪着蓝白的波光，从河岸地两侧绕过，把这块岛屿般的高地圈成一个三角形。

是个三角，他默默地骂道，而不是什么他妈的四角“得勒伯斤”。

[二十八]

山红了，山染上了红的颜色
芦草在风中，在风中轻轻摇着
早晨已经变得很冷
不久冬天就要来了

老奶奶从医院的病床上
慢慢地抬起她枯干的身体
像是高兴地笑了，望着我笑了
我什么也没有说，默默地点点头

姐姐已经有了第二个，第二个孩子
前面的小五月子，已经当了小姐姐
三年之前，还都没有这样
而我，在这个秋天二十六岁

那时候，好像一切是那么神奇
是真正的愉快，就像今天的孤寂

啊，究竟为什么，我会坐在这里
啊，又为什么，我和你坐在了这里

山红了，山染上了红的颜色
芦草在风中，在风中轻轻摇着
早晨已经变得很冷
不久冬天就要来了

[二十九]

难道真的这样撼人心灵么？他吃惊地盯着痛哭流涕的杨阿訇。黄土山峁亮晶晶地反射着毒阳的白光，整个山野像一片烧焦烤透的干枯的海。杨阿訇的枣红脸膛上泪水涌淌，他的两只黑脏糙裂的裸脚掌在脱下的爬山鞋上揉搓着。他跪在杨阿訇身边，愤怒得浑身颤抖。高大茂密的蒿子草悲怆地摇着，飒飒地把这一角世界遮藏得更隐秘。那座墓——那座埋葬着一个无头的农民的砖墓，此刻在阴暗中显出了一层惨淡的血红。他怒火冲腾着，但他手足无措。他突然地举起双手，向着那白炽的烈日大喊起来："阿拉乎——艾克别尔！阿拉乎——艾克别尔！……"瞬时间像冰水分顶而下，像肌肤脱骨重生，他恐怖地感到了一种巨大深沉的庄严。他觉得自己的嘴唇在哆嗦，他被自己这喊惯了"做共产主义接班人"的嘴里喊出的声音惊呆了。"真主是唯一的。"他的心咚咚地狂跳起来，"真主啊，唯你是真实的！"他感到剧烈的痛楚和清晰的快乐。他觉得背叛和忠诚在刹那间撕碎了他。他觉得自己的心连同着一切悲欢感受一起，猛地怦然有声地被掷进了一个归宿的深洞。但是，这座青砖墓的主人曾经胸腹上面插着四把尖刀。四把尖刀剜着他的四肢，同时卸着他的四肢。清真寺在烈焰中熊熊燃烧着，黑油烟像一股风滚滚上升。官兵问道：你还要你的真主么？老人高喊道：阿拉乎艾克别尔！……官兵把老人卸成了一截肉柱，可是那鲜血淋漓的肉柱上面，那颗头还在高声呼唤着：阿拉乎艾克别尔！……杨阿訇痛哭着说，那时村子里的男女老幼都朝着烈火中的清真寺跑来了。他们痛哭着，狂吼着，举着镰刀铁锨，举着梿枷草杈扑向官军。杨阿訇最后伏在地上，呜呜地嚎啕着哭成了泪人。他绝望地跪在墓前，他觉得全身冰冷。嘶哑的嚎声在蒿子草隔开的这个角落里冲撞着，撕扯着。他觉得自己心碎了。他突然跳了起来，用尽全身力量狂喊起来：

“哇——哇——哇——”

荒凉贫瘠的黄土山地一动不动地凝固着。火烫的太阳和这片赤裸的土地上下相视，像是一对不怕任何苦难旱渴的兄弟。他默默地扶起衰老的杨阿訇，穿出蒿子草的幛子，顺着黄土山梁上的小路，愤愤地朝村庄走去。

山红了，山染上了红的颜色

芦草在风中，在风中轻轻摇着

早晨已经变得很冷

不久冬天就要来了

……

[三十]

吉他突然“铮——”地怪声颤抖起来。他一下按下 stop 键。后乐会馆庭院里的灌木丛上，有几片枯叶簌簌抖着飘落下来。庭院里已是近黑的深暮。他又按下 play 键，那古怪的颤音消失了，吉他仍在单纯又激愤地奏着。

从床沿到门口两步。从门迈回床前也是两步。中学时读过伏契克的《绞刑架下的报告》，从那时他就牢牢记住了一间“从门到窗户是七步，从窗户到门还是七步”的牢房。但是我这间小盒子般的牢房现在变啦，变成了一只立体声大音箱。小林一雄，这个隐士般的神秘的男人，每天让他浑重沙哑的歌声在这个木造式的大音箱里回荡。在神保町一带的旧唱片店里，他看到一张小林的唱片，卖三千五百日元，比新唱片还贵。可是我只有这只小录音机，他想，再就是这间木建筑的大音箱宿舍。（相信吧，我已经不会再失误，因为在你的眼瞳里，正清楚地映着一个我。）他静静地听着在吐字和拖腔中那微乎的但像金属丝一样清晰的气喘声和哑声。歌手藏在他的歌的背后，他思索着，他不愿意站出来暴露自己的一切。（我无法面向前方，前方空无一人。）前卫，尖兵，唯一的探险者。他突然想起了《黄金牧地》，前卫也许就是勇士，是北方游牧民族讲的 Batur，他们在行走的时候，前面确实无人。因为他们已在最前列。（我不想回顾背后，背后人群挤撞。）吉他突然又吱扭地怪响了一声。他吓得又把录音机停住。糟糕！他紧张地想，这盘磁带像是……出毛病啦，他取出磁带，上面赫然印着 CrO_2——二氧化铬的标记。他把磁带反过来填进录音机。（独自一人对着自己的酒，回不来啦，那往日的亲切。）……《贫民窟布鲁斯》如泣如诉的低声中沙沙喳喳地响着噪音。妈的，他心中暗暗发凉，这盘磁带被我听坏啦。（工程结束啦一切全完，垃圾箱般被扔掉的，是我们弟兄。）沙沙的杂音愈来愈明显。这个歌手像是个工人出身。他长得怎么样呢？他形容严峻吗？他面目忧郁吗？他想，歌里听不出学生腔来。我只能抓住他的声音但我见不到他。他让自己的嗓音让自己的难以启齿的母语的歌倾诉真情，但他本人却隐藏着。他想起夏目真弓的话来，所以有时候他的歌词很粗野。（喝醉了哭一场又有什么用，今天贫民窟已是你的家乡。）他心里微微涌着一种莫名的感激。他瞟了一眼屋角里狼藉堆满的酒瓶子，想起自己刚来到日本时，深夜里独自一人酗酒的情形。那时候心里可真苦啊，他深深叹了一口气。（喝醉了哭一场又有什么用，今天贫民窟已是你的家乡……）回荡的歌声突然又剧烈地扭曲起来，吱吱地发出难听的锐叫。小林一雄，我要找到你，他心里那感激涌动得更急了。他恍惚想起自己每天都听几个小时，最多时一天听六七个小时。这盘结实耐用的二氧化铬磁带被我听坏啦，可是我找到了在异国生活的支撑。（像他们那样笑么，我不愿意。）这歌声是在异国他乡里解救的酒，也许它还是我走向明天的航标。我会走向一个新的明天的，我浑身的不安宁的血液一直在向我暗示着这一点。只是，只是在我大踏步出发之前，我需要一个航标。（每当和往日的温暖相遇，在无人处心中落下泪雨。）这是一个痛苦的灵魂。

[三十一]

骆驼倌红鼻头死了。

越男见到我们的时候，两眼直勾勾的，接着就一头从马鞍上倒栽下来。她那颗包着天蓝色围巾的头哧地插进变硬的白雪，那一瞬我觉得她也是在自杀。蓝猫在那一瞬间失声喊起来，我还没有看清他就已经翻身下马，发疯般搂住越男把她拖起来。我的两眼和心里闪过雪白和淡蓝还有耀眼的别的颜色，这时蓝猫朝我投来一道目光——我突然明白了：蓝猫居然瞒着我爱上了越男。

狗东西，我只骂了一句，就和他们一起慌慌张张地上马了。红鼻头桑结自杀了！有一道阴沉沉的铁幕突然间扯开了！蓝猫，等着我和你算账，我瞟着蓝猫在越男旁边那殷勤的骑姿，心里恨恨的。大地上的雪已经硬了，结着发蓝的薄冰碴。红鼻头自杀了，那骆驼倌自杀了！

路上，越男平静了下来。她说红鼻头桑结昨天赶回了骆驼，临睡前她注意到红鼻头出去尿了一泡尿，她在门外的雪地上发现他尿的是血。放骆驼的人最轻松，越男说她困了，于是就早早睡了。夜里她听见老头推开包门出去了，她说她以为老头去照看骆驼。

她说话的调子已经很冷静，我听着，我觉得她说话的腔调已经很冷漠。“真没想到他们老牧那么有招儿，”越男说道，“真没想到三尺高的蒙古包也能上吊,真有招儿，”她说得已经满不在乎。“有招儿呀，使马笼头往脖子上一套，再盘住腿蹲稳，挺一会儿就得。”越男说。我听着，觉得她像个凶恶的巫婆。

红鼻头桑结垂着头，两只手可笑地揣在袖筒里盘腿坐着。我在看见桑结的时候甚至呛了一大口气，差点不以为然地喊他起来，可是我立即看见了他脖颈上拴着的马笼头。盘着腿吊死,真有招儿。

蒙古包被坠得偏斜了。盖毡和顶毡挤在一堆，弄出了几道黑脏的皱褶。桑结安安稳稳地盘腿坐着，像是喇嘛庙里的一个佛像泥胎在打坐。蓝猫突然抽疯般扯转了马头，撞得我的亚干后蹄打了滑。我慌忙夹紧马鞍坐稳，两匹马噗噗地踢起白雾般的雪粒。这时安睡的红鼻头桑结忽然微微地晃动起来，像是我们的马惊动了他。我吓得抽了一口冰牙的凉气：在凛冽的寒气中，桑结像一个悬挂的假人，像一个钟摆，像一只吊在驼毛绳上的牛腿骨纺锤，正在轻轻地悠晃着。吊着他的马笼头勒得蒙古包的墙架咔咔作响，盖毡和顶毡挤出的黑褶子更深了。

他坐着的双腿并没有挨着积雪，这个骆驼倌在不足三尺高的蒙古包毡墙上吊死了。

我死死盯着他身子下面的厚雪，拉着马缰的手已经冻得麻木了。在这骆驼倌的屁股和雪地之间有一丝看不出的缝隙。我死死地盯着那儿，我排不开一个如果桑结落在那雪地上会怎么样的怪念头。如果不是冬天，如果下边是硬土地——那当然死定了。我咬紧牙咒着自己，竭力排开这个鬼念头，可是这么厚的雪，下面有这么厚的雪呀，我顽固地想着。雪毕竟是雪呀——我说不出话来，只能也承认他有招儿，只能呆呆望着这幅凛冽的雪地上的难看图画。

牧人们默默地从哈纳墙上解下了桑结。桑结仰面躺在雪地上，紫红的圆鼻头可笑地朝天翘着。那副盘坐的腿，还有那副揣着的手也可笑地原样僵僵地盘着抱着，好像他正跷着脚死死搂定一个看不见的什么。牧人们放下桑结以后，又站开来围着，人群里议论纷纷。女生们都来了，围着痴呆的越男在叽叽喳喳。雪原冷淡地在四野静静铺着，在大地的这一点上嵌着这座不祥的破旧毡包。

死亡，我忘记了下马，默默地跨在白马鞍上陷入遐思。死，我想着。忽然我记起了一件事，就朝死去的骆驼倌脸上望去——

他没有眼珠。在冻硬的那个红鼻头上面，我看见一对翻成空空的白色的眼睛。那对白凸的眼像球一样鼓凸出来，突出在额眉之下，可是没有眼珠，没有一点生命的黑色，和那石雕像一样。我正想着，牧民们拿来一块烂毡头，罩住了翻着白眼的死者。

[三十二]

快到腊子峡的时候，我们遇上了两个北京学生。他们一男一女，那女孩才十三岁。看见我们的八角帽以后，那女孩就惊奇地大叫起来。

“啊，真威风呀！红军帽！”

我们一块休息，神吹了一顿。五个人都觉得挺对脾气的。远处壁立着陡峭峥嵘的岩山石崖，腊子峡入口处的黑黑树木已经能望见了。

“我们吗，我们从越南来！”男生叫志伟，他一边嚼着干粮，一边大模大样地说。

“越南？！”大海惊喊起来，“从越南来？”

“是呀。我们扒军列，混过了友谊关。嘿，当兵的真够意思，他们帮我们跟连长嚷。他们说红卫兵和解放军应该一块埋葬帝国主义。后来，嘿，我们就裹上他们的军装——”

“有帽徽领章？”大海的眼睛灼灼发光。

“没有！抗美援越部队不佩戴帽徽领章。我们一下子就过了友谊关！”志伟猛一挥手，“嘿，战场！那里遍地焦土！美国飞机就在我头顶上俯冲！……”

我问：“后来呢？”

“你们怎么回来啦？”小毛已经听迷了。

志伟说：“本来，高炮部队的一个首长已经说同意啦，哼，不知怎么回事又把我们轰了回来！说是有他们保卫我们，让我们回来等着党中央的命令！反正，不管三七二十一，把我们关进铁闷子车，一站就拉到了广西！”

小毛捅捅那个十三岁的女孩：“你呢，你也去过越南？”

她点点头，咽下一口馒头：“去过两次。”

小毛呆了。“真——的？！”她喊叫着，不相信地瞪着那个初一的小女孩。

“两次都让解放军轰回来啦。我说我要当救护队，他们不干。可是我开了一炮。”

这次我们三个一块惊叫起来：“什么，还开了一炮？！”我们简直被彻底打垮了。

那小女孩点点头，两只小刷子在头上一昂：“嗯，开了一炮。美国飞机来空袭了，我使劲往高射炮那儿跑。他们叫我我没听，一直跑到炮旁边。”她不好意思地笑了笑，接着说：“不过那一炮，那一炮是在敌机飞走那会儿才打上的。敌机嗡嗡地叫着飞远啦，炮长说，快，快来过个瘾！他把我抱过去坐在炮椅上，我狠狠地就是一脚。”

小毛问：“一脚？”

小女孩骄傲地解释道：“高射炮用脚踏击发板打。一踩，砰砰砰砰！”

鸦雀无声。我们都变哑巴了。

静了好一阵，小毛才干巴巴地补问了一句：

“那，打着没有？”

小女孩说：“不知道可能没。敌机已经飞远啦。可能没。”她的两只小抓髻左右摇晃着。

强劲的长风在头顶上摇撼着树林子的梢条，夹岸的绿竹丛忽地掀起一阵潮。我们默默地坐着，谁也没有再说话。远处腊子峡的峡口树影黑黝黝的。靠近那片树影的山坡上，阳光正照射着一个稀疏的村寨。后来小毛和那个女孩聊了起来，我听见了小毛在讲述我们怎么发现了一些长征时流落下来的红军，那些红军怎么给我们唱当年他们唱的歌，后来怎么给我们一人缝了一顶灰布红星的八角帽，还给我们编了蓝布条的草鞋。我和大海一直沉默着，没有搭腔给小毛补充。我看见大海宽宽的胸脯一下一下地起伏着，我心里也一样，我也是在勉强忍着心里的激动。

我们合了。小队变成了五个人，继续向腊子口前进。没商量一下让谁当头儿。

[三十三]

走到这一带以后，群山和四野突然失去了那种冬日的翠绿。在秃黄的黄土大山里，凛冽的空气震抖着，我们马上又感到了冬天的本色。

通往西大寨的山道上，尘土轻轻地、疾疾地卷扬着。当尘土澄静的时候，我们总是看见前面有一个蜷曲着的黑色人影。

上山路陡峭得很，我们背着行李，汗透的身子被冷风激得又烫又凉。

那个黑黑的人在前面蠕动着。除了他之外，目光能及的四野里空阔苍凉，没有一息生物的声响。

土路被风吹得坚硬光滑。我看见路上有撒落的一些煤渣末，漆黑漆黑的。我猜出来前面的那个黑色人影可能是个背煤的。

刺骨的寒气在荒山里侵浸。手冻僵了，但脚却愈来愈烫。好一架高山啊。

小队在那架黄土山的秃顶上追上了那个背煤的农民。

他满脸漆黑。脖子和裸着的肩膀胸脯也被煤粉染得黑黄污脏。他笑的时候，一团黑的圆脸上现出两排雪白的牙。走哪搭哩，那好着哩嘛，一搭浪着走吧。他说着粗硬的西北话。早哩，吃罢晌午就起身哩。山大么？是大了些哩，上下有个八十里路哩。他答一句就笑一下，露出那口雪白的牙。两块素白的补丁在他左右两膝上匀称地动着，来去的大山都是茫茫一片。“背这么重的大背篓爬山您累吧？”小毛问道。他又笑了。是重了些哩，这炭把人压下得走不快哩。他说着又侧过身子，忙着给小毛让路。在大山野岭里，背着这么重的煤，居然还惦着给人让路，我暗暗想道。大海又问了：“你背这煤，背这炭，——给谁用呢？”西大寨，公家的烧头哩，他又侧过身子给大海让路。咱这是背脚哩。

我拍拍那竹条编的大背篓。满装着煤块的竹篓纹丝不动。“走八十里，翻一架山，就送这么一筐炭吗？”我觉得惊讶。但我已经不说“煤”，而是说“炭”了。

他又笑了。对着哩。从公家那搭讨下的是两个月的合同哩。我忙拦住他那让路的姿势。他让路时扭转身子，那时背上的煤块和竹篓就沉沉地吱呀一声，像是拧断了竹条的筋一样。“太辛苦啦！”我说。

是着哩，他笑着，这活计是孽障着哩。他快活地答着话，露着那口雪白的牙齿笑着。

志伟赶上一步：“老乡，干这么重的活儿，一天能挣多少钱呀？”

他赶紧扭转身子给志伟让路。大背篓可怕地发出咯吧的一声。美着哩，他对志伟说，两篓炭就把一个元拿上手哩。

我回过头来。在冻人的山风中，我看见上面的盘山道上晃动着一个黑糊糊的影子。我猜不出那篓煤的重量，心里不知为什么有种空悠悠的感觉。杭育！嘿哟！空寂的山道上单调地响着他闷重的哼声。我停在原地听了一会儿，然后就跑着追上了小队。

[三十四]

“啪啪啪啪！哐哐哐哐！……”我揉着黏黏的眼皮，终于清醒过来了。我在清醒过来这会儿还是软塌塌的，我紧张不起来。我好像在焦急地推着喊着自己身体芯里的那个懒虫，那个贪睡的警觉。“啪啪啪啪！咔咔咔咔！哐哐哐哐！——”打门声狂暴而放肆，门框子和玻璃好像立即就要震破了。我死命一咬牙，终于睁开了黏黏的眼睛。

我看见一片漆黑漆黑的黑暗。

我起身披衣。里间屋传来母亲轻微的鼾声。快一点！我着急地穿上裤子。“哐哐哐哐！砰砰砰砰！”门被砸得马上就要碎了。别惊醒她，我来不及穿鞋了。我打开了门，看见了四个警察正在暗夜里站着。我心里猛地升起一片悲愤和无畏的浪潮。他们一拥而入，分别“占领”了我家的四角。里屋的鼾声轻微而匀沉。

“我有什么罪？”我冷冷地压低声问。

“妈的,要办手续吗？”一个高大粗壮的黑沉脸朝我冷笑一声。于是一把冰凉的手铐咔一声铐住了我的手。里屋的鼾声好像听不见了。快点走，别吵醒她，我想。两个警察抓住我的肩膀，推着我朝门口走去。

敞开的门外一片漆黑，已是下半夜了。

“孩子——”

我突然听见一声尖叫，又是一声。母亲醒了！我泄了气，真是的，我想。母亲尖声锐叫着，狂喊着我的名字。在黑夜里，她的尖叫像刀子一般撕着我的五脏六腑。

“我去跟她说一声。”我停住脚说。我想告诉她说，同学来找我去办点急事。

“走！他妈的！”那个身躯巨大的黑脸警察猛地抽了我一耳光。一声怒喝，我被推出了门。

漆黑的夜静寂、温暖又无限。我什么都看不见。树木、路灯、街道、楼群，我什么都看不见。我在这黑夜中朝那辆吉普车走去。

我觉得我的心已经被这黑夜浸透了。

[三十五]

傍晚的白梁前后，大草滩上残雪斑驳。马群在饮完水以后，有一块冻得结着一层冰壳的牛犊皮罩住了这片牧场唯一的一口不冻井。马群踏着雪纷纷散开吃草，用前蹄重重地刨着，用柔软多毛的嘴唇撕咬着。附近的山坡上雪层已经被马群蹚破，一道道金黄的草带和白雪交错着，在暮色中渐渐变得黯淡。

牧人们围在井台上修理马竿子。有人换马，有人闲逛，乌珠穆沁草地上的成人游戏——摔儿马，随着初雪的融化，随着因红鼻头桑结的死而缓和了的气氛正在白梁的草滩上发泄般地酝酿着。

十个旗的营地里——走一趟哟
一千个马群里——那驹子好看

星·忽伦惊慌地冲了出来。星·忽伦的额心上有一颗星。星·忽伦的长鬃从两岁起就没有修剪。星·忽伦的名声传开以后，有名的老红儿马就失去了威名。星·忽伦是匹远近闻名的红骏马。星·忽伦惊慌凶狠地冲过来了！它的额心有一簇雪白的毛，像一团红红的火焰在烧炼着一颗雪亮的星。星·忽伦猛地甩起了沉重的大鬃，雪地上扬起了一面燃烧的大旗。一根根乌珠穆沁的长长马竿竖起来了,牧人们像狼一样弯着腰站在口袋阵上。星·忽伦瞪圆了眼睛，它警觉地看着前面的竿子手，它拼尽全力地高高嘶了一声，雪原上立即传走起一股悲壮。

二十个旗的帐篷里——走一趟哟

两千个女人里——那姑娘好看

星·忽伦无路可走了。它疯狂地低下头，那面红旗一样的厚鬃忽地朝天扬起，它疯狂地冲过来了。除开我额吉外，全大队现在有七个人都在受着暗中审查，草原上传说着一个比特务更可怕的名字——内人党。听说在城镇，在不远的邻社，政治的暴风雪已经摧毁一切。我听说，我的白骏马亚干和这匹骄横健美的红鬃儿马乃是一母所生。星·忽伦驰近的时候浑身红彩照人。星·忽伦在奋力冲向第一根甩来的马竿时真是美丽绝伦。雪块被铁蹄抛向高高的半空，粗野的吆骂短促地在套马手们中间爆裂。星·忽伦逼近的眼神恐怖又美丽，星·忽伦跑得风驰电掣，像一道穿破浓云的红霞光。小遐昨天来到我家串门，我觉得额吉她们待她像对待下凡的仙女一般。她一扭腰一转脸都迸射出一片迷人的光彩，她张口随便说句什么都那么似娇似嗔。我还从来没有这么近地接触一个女人——饮马时我们的马镫互相卡住了，她那香香的身体紧贴着我右臂。星·忽伦是一切动物的美神。这匹红骏马闪电般映红了一条长长的雪地。套马竿的绳圈准准地、逆着时间切割着空间划破着空气正巧在星·忽伦冲到的位置上钩住了它的下颏。星·忽伦蔑视地嘲笑地蹂躏般地不费吹灰之力地骄傲自信地抢关而过，毫不减速地把那吓傻了的牧人甩到背后。我看见星·忽伦的宽胸上挂上了第一根夺来的套马竿。

军垦兵团划进了这一带草原。但是我们的家乡在阿勒坦·努特格。上级已经批准我们队迁回旧地，通知北京知识青年自选前途。大迁徙啊！……星·忽伦被第二根套马竿套住时，它的前蹄磕绊了一下，但是星·忽伦暴烈地跳起来，让那绳圈从下颏滑落到它的壮健前胸上。我听见口袋阵上齐齐地响起一声喊：“丢啦！”星·忽伦昂首拖鬃，掳走了第二根套马竿。马群都激动了，有的在坡上坡下疾驰，有的痴呆地盯着这边的大游戏场。改成兵团就可以拿工资不再挣工分，可是改成兵团人人都一身军装生命就不自由了。小遐她的主意我摸不透，但是蓝猫、越男和我三人已经决心去阿勒坦·努特格。我已经看了文件，文件上说：“因为阿勒坦·努特格生产大队属于走场避灾来此久住的客队因此阿勒坦·努特格生产大队的去留及所有制由该队人民自己决定。”星·忽伦笔直地沿着口袋阵奔驰，像一发红色的鬼一般的信号弹。它残忍地瞄准了甩来的又一根马竿子，我觉得它是想把这根长竿干脆咬断。它蹄音脆重，方向果决，密密的红鬃在它颈上悲壮地飘扬。前几天队里传说着“达不苏”李小葵的笑话，说他迷了路，半夜里一个人在伊和塔拉上晃悠，一边转一边叫魂般地喊：“阿勒坦·努特格在哪儿？阿勒坦·努特格在哪儿呀？”牧民们都说亏他还记得大队的名字。星·忽伦额上的白星闪烁了一下。那个牧民在对峙中胆怯了，他不顾可耻地丢人了，忽地竖起了马竿，放过了星·忽伦。星·忽伦毫不理睬。它根本不理睬这种无能之辈。星·忽伦冲激起一团团烟粉般的雪雾，不顾死活地飞驰着，驰向下一个持竿捕捉它的人。我和蓝猫也积极卷入了挖肃“内人党”的调查，我们俩调查的主要目标有两个人：一个是我额吉，一个是查·太平。入冬以来已经风雪不断，草原上的雪厚了，也硬了，老人们说今年冬天是场白灾。查·太平立即变得老实多了，我心里漾着一丝快意。星·忽伦在一撞之间夺走马竿，把牧人摔在雪坑里。星·忽伦在冲决捕捉的牛筋圈套的刹那间，牧人们在灵巧地甩起马竿梢头的牛筋圈套的刹那间，在乌珠穆沁的这种游戏中被套得摔翻并摔断前腿的儿马子在那惨败的刹那间，被拖在草地上滑行的、衣服手脸被拖得血痕模糊的男人在那可耻的刹那间——这种瞬间充满了残酷。星·忽伦深知这一切，它笔直地燃烧着冲来了。

站在口袋阵底上的人是个陌生人。

我的心猛地抽紧了。牧人们在议论纷纷。听说那个陌生人套翻过无数厉害儿马，他今天来时扬言要摔断星·忽伦的前腿。星·忽伦此刻已挂着满颈夺来的马竿子。星·忽伦一边狂奔一边暴怒地把那些马竿踢得粉碎。星·忽伦像一道耀眼的鲜红的火苗朝那人喷射而去。

说时迟那时快，那人甩竿子。牛筋圈划了一个弧在空中与红骏马的下颏相遇。我听见星·忽伦竭尽生命的一声长嘶。我听见那竿子手拼尽全部野性的一声狂喊。鲜红的火焰笔直地、美丽地飞了过去。那人惊愕地举着断了牛筋套的马竿。星·忽伦神奇地冲决了阴谋般的口袋阵。烈火风驰电掣地消逝了。消逝在白雪覆盖的山坡的侧背之后。

[第三章] 世界的一些声音和影子

[三十六]

一月十八日，星期三。

他坐在东京大学生楼——安田讲堂前的石阶上，等着平田。校园内雪已融尽，大雪洗过的蓝天清澄万里。讲堂前的草坪上湿润地吹着一股清风，四周安静极了。他一边等平田，一边听着录音机耳机里小林一雄连敲带砸的乱吼。“大家一块唱／嗨　噜呀／使出劲来唱／嗨　噜呀／姑娘们唱男的别唱／嗨　噜呀／喂戴眼镜的／嗨　噜呀／嘿炸着毛的／嗨　噜呀／大家和我一块唱啊／嗨　噜呀——”他紧张地听着，忍住耳膜的刺疼，企图从小林胡闹的嗓音里听出他寻找的什么来。你为什么这样唱呢？为什么吱溜一下子就栽到一个马蜂窝里呢？这就是Rock，这就是摇滚，这就是“民谣之神”小林一雄的音乐会吗？

“东京大学生楼——安田讲堂是一座欧式建筑的钟楼，铜窗狭直，赤瓦坚硬，四周舒缓的小丘上绿草如茵。东京大学以第一流的国际型最高学府而闻名，饮誉天下。安田讲堂钟楼则是东大的标帜，是日本近代以来教育文明的庄严象征。”

“——但是，上述观念不适于六十年代。”“穿裤子的人哪／嗨噜呀／穿毛裤的人呀／嗨噜呀／场子中间那位美人呀／嗨噜呀／那位觉得今天门票便宜的兄弟呀／嗨噜呀／谁嫌贵呀／嗨噜呀。”小林一雄长得究竟是什么样呢？以前听他的《向自由的长旅》时，我觉得他像一位孤胆战士。听他的《第二十六个秋天》时，又觉得他像一位多感的青年。而现在，耳机里摇滚的石块霹雳炸响成一片，架子鼓已经敲成一锅乱冒泡的粥。听众也疯了，拍着掌跳着脚，随着小林一雄的怪声怪调在音乐会场子里大闹。这是你的歌吗？小林一雄！

“一九六八年初冬，东京大学与日本大学的学生冲破警察封锁，在安田讲堂之前集会并占领安田讲堂。在学生控制的钟楼广播台的节目中，这座建筑被改名为解放讲堂。与此相前后，全日本约十五所大学也在街垒封锁中度过新年。日本左翼学生运动——‘全共斗’与国家机器间短暂而壮烈的堡垒战拉开了重幕。安田——解放讲堂被学生们用木料、铁管、桌椅构筑成一座要塞；它在当日和日后变成了席卷全日本百余所大学、高校学生运动的旗帜，变成了一代日本青年精神与理想的紫寨金城。”

“想结婚急得发疯的人呀／嗨噜呀／可是找不着对象的人哪／嗨噜呀／现在，只由结了婚的唱／嗨噜呀／有法子就想离婚的人哪／嗨噜呀／大家唱啊，大家一块唱／嗨噜呀／咱们一起唱——／嗨，噜，呀——”这种歌让人听得莫名其妙的高兴，说不出来的痛快。他边听边觉得喉咙发痒。耳机里人声鼎沸如地震时的逃亡。人人争抢着乱吼，特别是在轮到“想结婚急得发疯的人”的时候。号子般的副歌则在哄会场中间的哪位美人时最响：“嗨噜呀！！！”

“一九六九年一月十八日，星期六。日本警视厅根据东京大学校方请求，派遣机动队警察八千五百名，从晨七时起，向安田——解放讲堂发起了攻击。大镇压开始了。”

“学生们出了门呀，像是去逛大街／蹓蹓跶跶地走着，一个劲说笑话／我推门进来一看，里面乱喳喳／小伙子戴着安全帽呀，手里把棒抓／姑娘们忙着做饭团呀，娇声把小伙夸——”

“警察以大型警车、喷水车列成包围的铁阵，他们手中的铝盾砌拼成一道道白墙。决战于上午九时开始正式展开。”

“昨天晚上有内讧，他们砸了咱／吃了饭团喝了酱汤，一齐出了门／学生们朝着金泽大学，一齐出了门——”架子鼓震得人头晕眼花。这首歌是模仿说书艺人的，但小林却使用了超速的摇滚乐伴奏。他已经横不讲理，在雨点般的鼓响声中疯魔般地大嚷大叫。乐队的几个弟兄捣乱助威，又尖叫又咳嗽。

“警察机动队手持催泪枪，在密如网织的高压水龙以及直升飞机的掩护下扑城。学生们头戴安全帽，蒙着防瓦斯的毛巾，以自制火焰瓶、石块和木棍应战。”

朋友啊

在黎明之前的

黑暗中——

朋友啊

把斗争的火焰

点燃——

你那时唱得多深沉。你那时的嗓子浑重喑哑，从你的呼吸和发音中，人们把你想象成一个痛苦纯洁的美男子。《朋友啊》在全共斗学生中流行了很久，然而今天你唱的却走火入魔，今天你的歌里充满了恶毒和亵渎。

“九时三十分，直升飞机开始向安田讲堂发射催泪弹轰击。校园中学生们高喊‘警察滚蛋’，在校园内与警察冲突。

“九时三十分，警察向安田讲堂侧翼的另一建筑——工学部陈列馆放射催泪瓦斯，同时开始猛攻。陈列馆楼顶飘扬着‘毛泽东思想万岁’的大旗。”

“大街上没有人呀路上没有车／到处是黑白照片似的一片怪景色／姑娘们说真没想到呀小林您也来啦／我们一定把那最大的饭团呀留呀留给您／我心里一乐连忙呀扣上了安全帽／回头看见她们在挥手，心里酸溜溜／就这样小林我呀扛起了暴力棒／吹着口哨两腿生风，奔了金泽大学——”

他听见小林突然说了一句："听得辛苦啦！" 他吓了一跳。耳机里又爆响起小林和伴奏乐队那几个家伙会意地嘎嘎怪笑。疯傻的 Rock 节奏又卷地而起，轰然响成一片噪音。真有你的，小林。他听得呆呆地想。

"安田讲堂上的喇叭里怒吼着：'我们决不投降！警察滚回去！' 直升飞机开始向讲堂顶上的守城学生放射粉末瓦斯。呛人的毒气在整个校园里弥漫。侧翼的战事已经白热。

"十一时，工学部陈列馆被攻陷。全共斗学生企图在堡垒内纵火一拼，未遂。警察顶着铝盾攻上楼顶，印着'毛泽东思想万岁'的红旗被扯落并践踏。守城学生全体被捕。"

"其实呀老子不想去呀对面是繁华街／但是口哨一吹派一端呀反正要干一场／血在心里翻呀心在怀里跳呀看见了校门／正在这时嗖地蹿来了一个贼／仔细一瞧呀是个红领带的雷子老转／看见我呀那家伙呀扯开了大嗓门／求求您啦快救救我呀那边那个人——"

校园里宁寂平和。积雪融后，冬树仿佛又舒展着生出了一层新绿。隔着讲堂端庄坚固的赭褐色石基，三四郎池的湖水仿佛就在耳际悄声地荡漾。

没有人影。没有喧闹的学生走去吃饭的洪流。但是东大仍然饮誉四海，吸引着各种肤色各种国籍的学生。东大的校园是神秘的。他静静地陷在自己的沉思里，忘记了膝头摊开的艰深的功课。"你找我帮忙不害臊吗瞧瞧我是谁／我伸腿绊了他个马趴举起了暴力棒／那家伙一边摔着马趴一边还很奇怪／我迈腿骑住了他呀抡起了我的棒／心里想真高兴呀还是来对啦／我正得意哪那小子呀拔出了手枪／不偏不斜那小子的枪呀正对着我心脏——”

小林一雄是在故意捣乱，他听着猛地吃了一惊。

“下午三时左右，另一翼城——法学部研究室亦被攻陷。东京大学决战的战场只剩下高耸在硝烟中的安田——解放讲堂了。激战在烈火与强力水柱的交织中，在窒息的爆炸的瓦斯中，在低飞的直升飞机的轰鸣中，在警察与左翼学生的怒声对骂中，于傍晚五时二十分暂告停歇。

“一九六九年一月十八日的夜晚是休战之夜。一只黑色的恐怖大鸟和一只红色的热情小鸟在这个漫长的冬夜里对峙着。”

“我大吼着真混蛋呀人家帮你你反而要杀人家／手枪的子弹是出来了呀还是没出来／往后的故事是热闹呀还是没意思／我口发干呀舌发燥快要变哑巴／唱到这里算一段呀时间也正好到点啦——”

停。

他好像看见了小林做出的鬼脸。

秋风已经肃杀逼人，冬天真的快要到了。安田讲堂在纯净的蓝色晴空下默默无语，枯硬的银杏叶子在钟楼下面的棕砖地上旋舞。一切都沉醉在清纯的秋日恬静中。

哦，真宁静啊。

——好一个巨大的“O”啊。

[三十七]

第一次看见如此美丽的山峦，他深深地倒吸了一口长气。峰峦上的冰雪千年不融，雪白中幻射着醉人的蔚蓝。阳光把鹅绿的天山前麓照得一片明亮，那明艳的鲜绿色顺着人的心在滴淌。这里和内蒙古草原的景观完全不同，他兴奋地、他觉得自己简直是狂喜地想。这里密密地生着野葡萄、黑醋栗和一些紫红晶亮的小野果。在一个毡房里，那位懂得汉语的哈萨克民间歌手给他朗诵了一首关于黑醋栗的诗："当我还年在孩提还举手不到鞍鞒时/我记得你的眼睛好像一双黑醋栗/当我打马离开故乡看见你在泉边汲水时/我觉得你的眼睛好像一双黑醋栗/后来我流落异乡每每独自歌唱/歌声中你的眼睛好像一双黑醋栗……"他听得如醉如痴。他眼中忍不住涌出了泪水。啊，新疆，他觉得自己仿佛在默默地宣布着满心的爱情。新疆，我要——他不知道自己要什么。他只是觉得自己终于找到了仿佛一直在找的什么，在一瞬间他觉得自己血液中的一个什么精灵突然复活了。

[三十八]

"一九六九年一月十九日，星期天。"

"上午七时，在一夜休战以后，机动队警察从清晨开始了凶猛的进攻。火焰和高压水龙的大网再度罩住了东大安田——解放讲堂。”

变音器把小林的嗓子改造成了尖细的女嗓。“我是一只没毛的猴／我是一只没毛的猴／为什么，把我生在这个球儿上／为什么，让我看见这个球儿／我呀我，我是一只没毛的猴……”

“上午八时，安田——解放讲堂一层的窗户被击碎，警察蜂拥而入，同时直升飞机一次次地降下，向讲堂顶上的学生喷洒瓦斯液。一层楼失守——这是一个严重的转折。”

变音器又把声音变成黑猩猩般的低吼。“我是一只没毛的猴／创造我的神仙真伟大／我的身份是没毛的猴／玩玩具一样地玩地球／哎呀呀，多可怕／咽了气也是没毛的猴……”

“上午十时起，全共斗学生调整火力，开始用火焰瓶反击。同时，盘旋的直升飞机立即开始放射催泪瓦斯弹。楼顶学生拾起一切可以投掷的东西打向机动队警察。十时半许，警察一度企图以装甲车冲击正面，但被激烈的火焰瓶反击打退。熊熊的火苗在蔓延，白亮亮的水网在猛扑。广播中有人演讲，但暴风般的喧嚣声淹没了一切声音。”

在另一张唱片中小林在嘶哑地嚎叫。他的著名伙伴——Rock乐队“Happy End”即“快乐玩完”把伴奏折腾成了一片疯狂毁坏的飓风。“喝了空气／才能活着！！吃了干饭／才能活着！！拉了大小便／才真正痛快！！／要想干‘那个’／就要使‘那个’！／要想看清楚／就要睁大眼！／要想饱肚子／就要张大嘴！……”

他听得目瞪口呆，满头虚汗。再也没有比这更简朴的歌词啦。再也没有比这更放肆的野蛮啦。

“上午十一时以后，战事稍呈松弛态。曾有一名敢死的警察机动队员从正面靠近讲堂要塞，但立即被火焰瓶和石块打跑。十一时四十分左右，警方一度停止喷水和攻击。”“列车进城啦不许拉／可是憋不住了／还是一定要拉／警察老转／我有话要对你讲／您专门逮那些憋不住的好人／大人物一扳马桶的阀／你们就——／哗啦啦啦——／专给大人物当狗腿儿／哗啦啦啦——／说透了您想吃甜头／哗啦啦啦——”

[三十九]

当他意识到这又是一次神奇的召唤的时候，他觉得自己被震动了。他卷烟的时候烟末撒了。他扔掉那条报纸裁的烟票，用颤抖的手抓住了头。不可思议啊，他在默默中对自己说，他觉得自己的声音很大。四周是干旱焦黄的黄土秃山，那滚滚无边的黄山头在震旦纪或者二叠纪一定是一片汹涌的大海。第二次啦，他觉得自己心情愈来愈紧张。他独自坐在杨阿訇窑洞外面的土崖坎上，心像一面咚咚的乱鼓。

黄土的波涛一直漫到天边。

在这天地之间也许真的有——他不敢放过自己的这种状态，又不敢放纵自己遐想。也许真的有……有一位凝视着我的神。否则我为什么那时会万里不辞地奔向新疆呢？否则我为什么今天会不畏艰苦地进入陇东呢？那时我刚刚毕业，在天安门广场上的博物馆里上班。我的办公室也许是全国最漂亮的办公室，五米高的玻璃巨窗里阳光明丽。罕世珍宝每天在那间办公室里如过眼之云。但是我不知为什么就爱上了新疆。我还没有去过新疆就爱上了新疆，爱得一往情深。于是我跑遍了天山北麓，踏遍了准噶尔两缘的全部古城。我在新疆用十年时光读了一本辽阔的大陆之书。新疆向我敞开了天山和阿勒泰的道道峡口；让雪山上的蓝色松林和嫩绿的山前草原迎接我、让哈萨克人喊我 balam、让厄鲁特人灌我整桶的奶酒。新疆让我攀上了它冰雪皑皑的肩顶，让我的双眼看见了二十公里长的蓝冰川。那时我像今天一样意识到过，我记得自己曾隐约意识到冥冥之中有一声神异的召唤。那呼唤发于中部亚洲的茫茫大陆，也发于我自己身体里流淌的鲜血之中。十年之后我突然觉得自己又走到了一个岔口，这岔口上用唯我能读的文字写着“中年”。于是我匆匆上路，毫无选择地来到了这里，伊斯兰的黄土高原。当我穿行在这贫瘠得难以想象的荒山里时，我应当感到忧心忡忡和陌生的恐惧。但是我没有。我曾经感到忐忑不安，但我更满怀着希望。希望，还有热烈的活力。我忘了我在这里不识一人，似乎我已经断定我只要到达，就会“举目皆亲”。我走向那座土寺时步伐坚定，像一条鱼正游向它住惯的大海。难道这不是因为有一个暗中的召唤么？难道这不是因为血液在魔性地催动么？我遇见的第一个人就是枣红脸膛的杨阿訇。

黄黄的荒山炫耀地反射着夕阳，村庄和山野在暮色中已经沉寂了。他感动地凝望着黄沌沌的世界，舐了舐焦裂的嘴唇。你更真实，他在心里说道，你甚至摒弃了一抹绿色的粉饰。黄色的浪涛缓缓涌着，倾听着他的心音。好一片焦渴的严酷的海啊，好一片男人的海。那黄色的波涛层次无尽，深浅浓淡清晰可数的种种黄色围着这块土崖在沉重地涌。接受我吧，海。黄色的海钝重地慢慢涌着，没有回答。我是你的，海，我成熟了。我知道你一直在等待着我，把你深藏着的一切告诉我吧。

[四十]

“正午十二时左右，警察机动队在激烈的高压水与瓦斯弹掩护下，使用切铁锯和钢缆开始破坏堡垒构筑。学生们奋力用火焰瓶和石块又击退了警察的一次攻击。但是，十二时三十分，混战中警察终于冲上了二层，并逮捕了约二十名守城学生。落城的阴影逼近了。”

早朝时醒来忆残梦，天色尚早

静悄悄天地早明亮，满室流银

轻推窗清冷迎面来，四野白雪

望原野闪烁一片海，雪海无船

小林一雄幸而还有几支这样的抒情风景歌。他记住了录音机上的计数器，反复地播这首演歌调的《载春雪海》。

白雪地小村在雪下，冬无春讯
屈指数四季如巡回，难度苦寂
雪如海应有一叶帆，直航彼岸
花开日雪融如潮落，才是新春

“下午，一时三十分，四周环阵上的喷水车一齐停止射水。战事骤然白热化。警察机动队倾全力扑城。学生使用土制火焰喷射器、硫酸液拼死抵抗。熊熊烈火拔地腾空，坚硬的讲堂的石基石壁在桔黄的烈火中如同熔炼。在白晶晶的水网消失的瞬间里，好像出现了一个神话：一个洪水克火的传统已经覆灭的神话。”

白雪地小村在雪下，冬无春讯
屈指数四季如巡回，难度苦寂
……

“下午三时许，警察在激战中拥上了四层，战事骤然倾斜着走向尾声。

“三时五十五分，钟楼顶台上的全共斗学生停止了投石，他们在安田讲堂顶层平台上列队整齐。四时零二分，在硝烟火光中，悲愤的学生们开始合唱《国际歌》。拥挤在警察的硬铝盾墙外的无数学生、教师以及市民，在此刻潸然泪下。”

录音机里小林一雄的歌子也放完了。

他悄悄拿起杂志，读完了那篇关于全共斗运动的简介。

“五时三十七分。怒骂着的警察机动队扯下透明的玻璃钢面罩，洪水一般拥上安田——解放讲堂顶层。守城学生全体被捕。警察朝天空疯狂地发射着催泪瓦斯弹，示威并庆贺胜利。

“整五时四十四分。东京大学安田——解放讲堂顶上的红旗被日本警察扯落。但是——

“从此，全日本处处烧起了学生反叛的烽火。”

杂志上几次引用了东大安田讲堂广播台的最后播音。他读了几遍，把那一页折了一个角。

“我们的斗争胜利了！全国的学生、市民、工人们，我们的斗争绝没有完结！直到代替我们而战的同志们再次从解放讲堂播出他们的声音之前。现在，谨暂时结束我们的广播。”

[四十一]

原野依然一望纯白。

他觉得不可思议。多洁白啊，他想道。举目茫茫满眼都是纯而又纯的洁白。他胸怀里充盈着冷静的激动。白雪，你掩盖着多少人情世相，你深埋着多少痛苦和狂欢啊。

[四十二]

走进这片大陆并不是件多难的事。

原野上村落如烟，冬日里小河汊上结着一层灰濛濛的薄冰。去年你走进的那个小村也是这样的；去年那个小村四周长满了枣树。前年你去的是个山庄；那个山庄里的住民讲一种奇怪的语言。他们说求你代他们反映——他们想划成一个单独的民族。你踩着河汊上的冰走进去了，这多风沙的北方小村喜欢在卵石上夯土墙。房子是斜顶的，院门是夯土墙上挖个尖尖洞。

于是你又听见了一方的土语，又听见了语音的差异。这个村子里没有去年那位瞎眼奶奶；也没有前年山庄里那种黑布衫上镶一条红布边的鹰眼男子。你把背包扔在土炕上。土炕角上叠着一床缎面被。你匆匆舀起一盆水洗脸，洗去了脸上的风尘。你靠着那床新缎被坐在热炕头，这时一碗酸烫酸烫的煮面端上来了。

夜里你躺在缎面被子里，这满脸胡子的汉子已经随和了。你没有问他这床缎被子；你知道这是他家唯有的待客物。你和那汉子一直聊到深夜，后来你在热乎乎的炕上睡熟了。梦里你梦见的那条灰濛濛的冰河汊，你在梦里想明天你要随着孩子去那河汊饮牛。

第二天你闯进灶屋里。你不管这庄子多封建你对女人说“不许宰鸡”。晚上你见了一个老汉，人们说这老汉苦大得很。你请老汉炕上座，那老汉摇手说哪能这么没有礼性！接着男子把手伸出布帘子，端过热腾腾的盘子。接着一个个热腾腾的馍馍被掰碎了，中间被簇拥的是那盘小鸡。你瞪着眼瞟了男人一眼男人一边笑一边催着你：“吃！吃！”你突然有点讨厌老汉你不想听他那大得很的苦了。你下次有了经验，下一次你到了另一省另一县的村里时，你劈手夺下媳妇的勺你把鸡肉塞给娃们。娃们一哄而散嚼着鸡骨头不理睬娘的怒骂。

十几二十来天过去了。你告辞这小村庄时娃娃嘻嘻笑着围着你跑。那媳妇子没露面可是男人家呜呜哭了一阵子。八年十来年过去了，你告辞了那个村落你要回北京时，你突然间心里一震——

啊，我已经走遍了一个大陆……你在归途中执倔地这样想。你姿态随便眼神随和但你心里涌翻着一道道铁石般沉重的浪。你觉察到你在这十年时光里有了知识，你发现你此刻已经醒悟了。你说不出这一切可是你知道这一切有多宝贵。你惊奇的是那遥远的开始，那时究竟是谁把我引上了这大陆呢？

这时，你想面对着这亲爱的大陆大声致意了，你想像一个儿子对严父那样表示成熟的感激。你在归路尽头，在家门之前，转过身来——

莽莽绵延的大陆，稳稳压住了世界重心的大陆，孕养文明改换风流的大陆，它正屏息凝神地望着你。雄浑浩大的它正注视着你。

强烈的深重的感情冲撞着你。你无法自制，你激动难忍，你不顾一切地又朝着它扑过去了。你把结束当成了开头，把生命交付给了道路，你又走进了你的大陆，你长别了你的休息和安宁。

[第四章] 你是大陆的儿子

[四十三]

黑锈的、被猛硬的牛粪火烧得又脆又漏的烟筒被拔下来了。

积着厚厚的细灰土的弯弯的黑顶毡被拉下来了，网笼般的包里立即泻满阳光了。

冻坏的、被雪压实的、下摆已经成了一条碎絮片的白围毡松下来了。

解开“奥龙”——马鬃编成的粗刺扎手的大绳，蒙古包的哈纳墙发出了咔嚓一响，垮下来了。

留恋着硝土戈壁的犍牛被赶回来了。

搭成栅栏圈阵的一辆辆木轮子车被推过来了。

女人的针线布头和“好勒该”金银布，男人的备用楠木条和旧靴子，打黄油的木箍奶桶和压马竿的“儿马”木头；老人们偷偷压在毡子下面的佛珠和孩子们揣在怀里的羊拐；白毡和绣毯，炉子和粪箱，皮被和小刀，红皮的语录本和蓝皮的边境证，黑油油的黄羊角皮锥子，刻着一颗马头的木摇篮——所有什物，一切东西，都被牢牢地捆在木轮车上了。

骑马人的鞍子上挂着马鞭和皮绊。

空空的水缸里塞着粮食和肉。

大迁徙。啊，古老的迁徙，牧人的迁徙，严冬中的迁徙，叶落归根向着阿勒坦·努特格草原的长途迁徙，就这样开始了……

我家是个六车之家。六辆木轮车头尾相连，在雪地上变成一条蠕动的线。首车当然是那辆有名字的硬松木大车，它是只有双辕横杠的运货“杭盖”车。额吉目光炯炯，姿态强硬地坐在它的前杠上，低声吆令着头牛。当车队行进的时候，她头上的银发总是一飘一飘。第二辆车是箱车。第三辆车是水缸车。第四辆又是一辆“杭盖”，它的辕杠上高高绑着支棍已被绑成四束和蒙古包的圆天窗，它和额吉的松木大车平分了整整一座毡包的重载。第五辆车上用木栅板装着满满一车干牛粪，它的牛是我家最坏的牛，一头总在企图挣断角绳的粉红牛。尾车第六个驶过来，这是白毡的棚车，嫂子抱着两个小孩，在这辆车上压阵。

六辆歪七扭八的破木轮车缓重地、吱吱扭扭地转着十二个不圆不扁的怪圈子，单调又耐心地碾破光滑如玉的雪面，沙沙哧哧地在雪原上刻下了一些深窄的沟痕。

向着无涯无尽的雪原，我们拔营走上长途。

十道有石头的大坂弄不坏的
是硬榆木的根节打成的杭盖
十只长翅膀的小鸟飞不过的
是黑褐马的驹子降生的草地

额吉驾着松木车，她的身影高高地晃闪在勒勒车队前面。坚硬的松木轮子轧碎雪皮，发出死重的沙的一声。这辆松木高轮车不是那种常见的六瓣八瓣弯木头一拼、劈上几锛凿上两三个孔就成的牧户的杭盖。它是我家六辆车中唯一一辆箍了一个熟铁箍的硬木车。它的两轮虽然扁不扁圆不圆，但却被那黑铁条束得又牢又硬。当它跌跌撞撞地驶过坑坑洼洼的戈壁碱滩时，那熟铁条的黑糙边棱有时铮铮鸣响，在石头上击出闪闪的火星。

迁徙途中的雪原像是处女地等候着犁头，晶莹雪白地、崇拜地迎视着它的两轮碾压而来，静静地、温顺地在它坚决的滚动下第一次破碎了。额吉操纵着它，没有一分犹豫，没有一分留恋和停顿。就这样，在两个木弯瓣拼成的古怪的圆轮之下，草原打开了襟怀，任我们粗鲁地闯进了她的深处。

从踏上奔向阿勒坦 · 努特格家乡的道路那天起，额吉不再沉默寡言。在日复一日的颠簸中，她在松木车上，我在白骏马上，我们漫无边际的悄悄话开始了。

唉，巴姆，巴姆就是你那——蓝猫的额吉嘛。那一年她出嫁啦。

她是和我同岁的丫头。她骑上娶亲的马走啦，嫁给了吧吧。哪有嫁人那天不打着马飞跑的媳妇呢，可是巴姆就是不行。唔，她一直是那样，她怕骑马。额吉汗涔涔的额头像打磨亮了的古铜，有几根银丝样的头发粘到那古铜的皱纹里了。我呢，我那个冬天正在去查干庙的路上，坐着这辆车。路不好哟，雪厚厚地盖着山道上的深坑。多亏了这辆车，亏了这辆松木打的包铁的车……娶亲的马队那时候踢着雪跑过来了，他们踢起的雪像灾年里的白毛风。巴姆在马上吓得像死人一样，脸上的泪冻成了两条冰。巴姆跑过去的时候看见了我，我看见她又哇哇地哭了……唉，可怜哪，嫁给吧吧那样好的人你还哭么？长着能穿靴子、能骑在快马背上的好腿你还哭么？我那时候正朝查干庙赶路。你丹巴哥哥病了，我把他包在一块山羊皮里，他隔着山羊皮还烫得像一块烧红的铁。去查干庙路上的大坂高啊，车轮子被雪淹了半扇。马队过去以后雪地里又剩下了我一个人，我忽然间觉得非常害怕。我心里念着：车轮上的神哪，路上显灵的神哪——吐木勒，你看额吉，额吉——“迷信”呢！

她瞟了我一眼，凄惨地一笑。

额吉，我也迷信呢：喂喂！老天呀老地呀！佛爷呀妖怪呀！达赖喇嘛呀！快快来把我们家搬到阿勒坦 · 努特格去呀！……

额吉捂住了我的嘴。

我闭了一小会儿眼。我用脸偷偷享受了一会儿她手掌中那粗糙的温暖。

别胡说。别对额吉胡闹。迷信不迷信，反正，你知道吗小吐木勒，后来灵验啦。我想那是车轴上的一位神佛爷灵验啦，你没看见蒙古人总是用肥肥的獭子油喂车上的轴么？那就是在敬车轴里的神。

我不信！额吉你迷信！

你不信可是车爬上大坂的时候怎么愈走愈快呢？在平原上我的车一共三次陷在坑里，可是爬上大坂时它像在冰湖上滑。我抱着烧得烫手的丹巴。你知道吗丹巴包在一块整羊皮里，隔着羊皮他烧得还烫手。我又不能下车。我一个孤老女人只能哭只能一遍遍地喊神求神。

额吉，咱们现在也求求神吧，让它把咱们一下子搬到阿勒坦·努特格去。

住嘴，小吐木勒。你想想看，难道你长成了个骑马的男人就没有一次感应么？难道你半辈子从来没有觉得曾经有只看不见的手在暗中推了你一把么？！……

我愣住了。

额吉瞪着血红的眼睛盯着我。

额吉呀，你刚才说，你不能下车。

你不知道么？额吉那时是个瘫子。不知道？膝盖坏啦，没有腿。额吉多少年跪着走，铺垫着一块没有熟鞣过的牛犊子皮。哦，你还没有听队里的人闲扯过么？

没有。我心里发冷。

挤奶的时候，我先扯一下那块生牛犊皮，再使两手扶住地，挪一下身子。趁身子还没有压住那块皮子，我再扯一下。就这样一爬一蹭。喏，十五年，不，十五年零一春天哟。

瘫子……我的脑子在嗡嗡地响。

瘫子……

松木车是我从一个叫阿拉杭盖的地方带来的。那里打车都用纯松木。我求一个铁匠给它箍上了这两根厚厚的熟黑铁条子。唉，你瞧这铁包条已经磨得薄啦。有神性的车哟……自从那次它滑冰湖一般上了大坂，我就给它起了个名字。对，小吐木勒，叫它达瓦。别害怕，小吐木勒，达瓦不会坏，咱们一定能太平地走到阿勒坦 · 努特格。

[四十四]

大海失踪了。我知道他去了哪里。昨天走近腊子的时候，我的八角帽檐上渗着一层薄沙般的汗水结成的细盐，我看见前面的大海的脊梁上也灰白地渗着一层汗碱。峡谷的石壁刀削般矗立在两手之外，沟水冲腾着吼喊不息。大海一定是在打着一个主意，我想着又预感到一种危险。从走近腊子之前，我就觉察出了大海的异常。那已经是好几天以前的事了；傍晚我总看见大海独自坐在暮色里，起劲地写着什么。有时候他不写，只是一个人远远地蹓跶，那时我看见过他眉宇间的那股神情，那是一种热情得靠近了危险边缘的果决神情。

果然，今天早晨，大海失踪了。

腊子口刚刚被留在背后。在这里还能看见腊子一线的峻岭崇山。我们东喊西找，可是只有我知道——也许小毛也知道？——大海是远走高飞了。小队剩下了四个人，我觉得却像是少了大半。大海，我心里不知是想骂他还是怀念他。你这家伙，你真的走啦。

大海留下的字条塞在小毛的挎包里。

大海写的是一首不押韵的抒情诗：《献给牺牲在亲手埋藏帝国主义的战斗中的你》。这题目又长又拗口，我看见他涂抹掉的题目像是“牺牲……战友……”什么的。

冲进硝烟弥漫的白宫
光复耻辱背叛的红场
让弹洞的战旗前进吧——
听号角正在前方吹响
像先烈一样牺牲
让鲜血热情流淌
三山五岳正高举着送别的手臂
五洲四海早等待着最后的曙光
红卫兵整装出发了
大风在长空猎猎歌唱
再见吧祖国

永别了妈妈

马革裹尸还是男儿的志愿

解放全人类是我们的理想……

大海在末尾写道：

再见了，伙伴们，我出山以后立即前往越南战场。自从我见到志伟俩以后我一直压抑不住这个愿望。让我去吧，你们继续长征。原谅我这样一人不辞而别。我忍不住了，我觉得也许越南就是最最重要的战场。我的诗没有写完，我想如果我牺牲，你们会替我把它接下去写完，使它成为一首好诗的。

紧紧握你们的手

大海，18 日草

[四十五]

除了六辆车，还有马。

我家现在是带两马迁徙上路。丹巴哥骑他那匹铁青马，我骑着额吉给我的出身星 · 忽伦儿马群的白骏马亚干。

丹巴哥的铁青马主要干赶牛买粮、开会办事，或者是追沙狐打狐狸之类的事，放羊全靠我的白马亚干。

入冬以来，亚干的毛皮显出了一种银闪闪的纯白色，愈来愈干燥，愈来愈匀净雪白。它永远不变地小跑着吃草，当它看准一从叶子肥肥的马莲而我扯着嚼子时，它就凶狠地一甩头抢掉我的缰绳。我的手指就是被它抢缰绳时拉伤的，伤后再也不能弯曲。亚干每天都在劳碌中争分夺秒地把肚子吃圆。望着它粗滚滚的肚子和屁股上条条耸起的硬肉棱子，人当然会感到安心。

但是白马亚干并不懒。只要我的靴尖在它两肋上轻轻一点，或是我用牙缝和舌尖发出一声“嘘——”，它就在闪电般的瞬间猛地甩鬃昂首，在信号发出的同时一跃而出。那时它的形象简直娇美难言。在艰苦的雪路长途上，当它负着我纵性飞驰，踢溅起长长的雪尘时，我总是顿时感到力大无穷了。

大迁徙对于这匹白骏马来说毫不可怕。

我看透了：亚干对世间的一切毫不在乎。

原来如此，草原上的牧人们所以勇猛剽悍，草原上的男人们所以自由散漫，原因不在他们自己而在于他们的骏马。马是人的信心。

二十道有石棱的山岭弄不坏的

是菩提树的枝节打成的杭盖

二十只长白牙的大象走不过的

是银嘴马的驹子降生的草地

在随队迁往阿勒坦 · 努特格的知识青年中间，有两个新内容突然蔓延起来。它们简直有着无法控制的魔力，使我们的生活骤然一变。穷困和欲望，金钱和男女，经济和青春，第一件穿烂了补上羊皮补丁的皮袍子和第一次发现周围有异性的激动……

当时我们总觉得委屈。

后来我们总觉得留恋。

年终决算公布了。每个劳动日值七毛八分钱。插包入户接受贫下中牧的再教育同时也在和贫下中牧抢劳动抢工分。劳动了半年只有最多三个月工分，劳动了半年没有挣到能还清半年里吃粮买茶宰羊和偶尔买几块水果糖老白干酒的那几个钱。我们全体欠账。没有钱买几张新羊皮缝件新皮袍子。把磨漏的毡靴缝上一块带毛的黑狗皮。把北京带来的绒衣撕成裹脚布。我是男人我不吃那见鬼的糖，兽医来啦抢他小子的兽用酒精咱们干一杯。会计你记住从下月起我的借支从十五块改成他妈的十二。蓝猫我有一块羊皮你叫越男铰开钉在你那破狗皮帽子上。不我不铰开我叫她缝在帽子后头挂着拦后脖子上的风。额吉我去开会通知我们知识青年听忆苦大会呢。孩子啊忆苦的人不就是穷人吗你知道吗过去的穷人也比你穿得好些！……

假李逵达不苏买了一箱子罐头。这个达不苏叫北京寄来一百块钱买了一箱子罐头。戈切昨天对越男说：“你要不答应爷们可别怪爷们下手太重。”假李逵听见了也去找徐莎莎说：“嘿姐们咱俩干脆一帮一一对红得啦。”徐莎莎骂道：“去去去臭流氓瞧你那臭德性。”假李逵回答说：“师大女附四大漂儿我全见过你狂什么你要跟我好我给你这箱子罐头。”蓝猫告诉我白音淖尔公社有一个男的俩女的全是知识青年睡在一条炕上时被人抓了。查·太平跟我们胡扯时愈说愈荤说他把队长老婆干了七次。在陕北在山西插队的同学来信讲谁和谁好了谁和谁坏了谁因为他女朋友甩了他一气把那女的用刀捅了。蓝猫现在一有空就往越男住的马倌家跑他每天激动得满脸通红有空就偷偷地捧着小本写酸诗。而大队在走场。雪盖的大草原在从两侧退开。一条条黑虫般的勒勒车队在辽阔的白雪中蠕动。我们在进行着大迁徙。一个个六车的、七车的，甚至九车的勒勒车队在寒风中扭动。一个个黑黑的、不用哈纳墙和围毡的简易套包在暗暮中搭起再冒出温暖的炊烟。雪原上那股股升起的晚炊是温柔又暖热的，它们古怪地逗弄起年轻人心里的一种躁乱。

[四十六]

她站在临街的一根水泥电线杆旁边，没事可干地倒换着脚。一条雪白的三角巾吊着她的左臂。我觉得满天闪烁着明晃晃的蓝光，我觉得这蓝空太耀眼太广阔了。“自由”，我不禁念出了声。我心里漾着又酸又热的滋味。你瞧，我对自己默默说着，你已经真正知道了自由的滋味啦。她站在那里不知眺望什么，人流像浪潮一样从她身边涌过去。我心里闪了一道亮光，雪亮的光。

小毛，我觉得我正在重新掂量着这个名字。我已经有预感，我这样想着可是还是觉得激动正在周身掀起。真像在哪本书里读过的一样，我心里觉得有一点好笑。这一瞬间我好像意识到我们都很冷酷——她在监狱外面等着我出来，可是我却有一点想笑，而且我知道我要是犯小资，比如说一句“感谢你战友”或者紧紧握住她的手不放的话，小毛立即会骂“操你妈”。我倚着监狱——其实他妈的是个游泳池更衣室——的墙，盯了她几秒钟，我的脑子里闪了一下是不是该像革命先烈那样“狂”一下。小毛好像等得寂寞了，她低下头去玩自己的手指或衣角。我心里一热，我觉得她死死守住监狱大门，竖着两支黑小辫的样子真是——真是太忠诚了。我大喊一声：“小毛！”

她像挨了雷击一样，猛地一转身。她险些摔倒在那根电线杆下。可是那天晚上你站在三司的大轿车顶上，你站得多么稳啊。三司的大轿车开得像闪电一样飞快，长安街的人海上空只有你的身影高高立着。你穿着一件洗白的军上衣，佩着鲜红的袖章，像一株急速滑行的小白杨树滑过长安街。我和无数愤怒的弟兄疯狂地登上自行车追你。我们的自行车成了淹没长安大街的一片滚滚漫过的怒潮。你站得那么稳，在风驰电掣般疾驶的轿车顶上像一株无畏的小白杨树。在公安部门口你奋力一跳，从急速冲刺的车顶上倒栽下来。我们的疯狂大潮立刻飞转成一个巨大的漩涡，把你卫护在浪涛的中央。那是十一天前的事情啦，因为我在监狱里用一根蓝色的线记日子，坐一天牢就系一个小疙瘩。

小毛瞪着我。我看见她的大眼睛惊愕地一点点睁开了。

"你！……你出来啦——"她突然大叫大嚷地朝我跑来。我满意地觉得自己完全是在重复着革命先烈的英勇活剧。我看见她的圆眼睛里那受惊的表情模糊了，泪水顺着她胖乎乎的红脸蛋流淌下来。"小毛"，我好像琢磨般地想，她实在是个最可靠的战友。我们俩使劲地握着手，我们的手互相握着使劲地摇。我们脸对着脸一个劲地傻笑，好像我们"赚了"。

"骨劈！"小毛指指左臂，得意地说。"不是骨折！"她的脸蛋简直像个大红苹果。

我问："你怎么知道我今天出来？"

"我天天找他们闹一顿！"小毛骄傲地说。

[四十七]

晚暮的、将黑还亮的伊和塔拉大雪原上，远远近近地出现了一些丑陋的黑三角堆。在那一瞬这里简直不像是蒙古草原，而像块印第安人或是什么族人的世界了。接着，炊烟出现了。一柱柱灰白色的炊烟袅袅徐升，冷漠的雪地上升起了一支支无声的音乐。几十支或上百支轻盈的白烟升旋着，在凛冽的空间彼此默默地并立。那时我赶着羊回来了，我勒住马不由得站了好久。那些黑三角包，那些树林般的炊烟使我感到震动和惊讶。只要这样就没有什么可怕，我想。只要这样就能烤暖身子，吃饱肚子，就能歇息，就能养老生幼，就能一日日一天天地生活。

后来，天黑了。

黑暗淹没了黑三角包，淹没了一切一切。

第二天清晨，黑三角包被拆散了，营盘上架着一辆辆满载的车。牛的犄角上套上了棕绳，牛被吆着退进车辕——牛绳被拴牢了，勒勒车队出现在这一天的早晨。

车队沉重地启动了。

漫漫的长旅又开始了。

三十片有碱滩的戈壁弄不坏的

是黄河柳的关节打成的杭盖

三十只长黑角的黄羊跑不过的

是黑走马的驹子降生的草地

额吉我问你一件事行吗？

嗯。

咱们这个家，是什么时候……嗯，买下的这个白毡包呢？（额吉其实我想问的是：您的丈夫是谁呢？他是一个剽悍漂亮的骑手么？）

这顶包买了——唔，刚刚满了十年。那年刚刚置下这顶包，就因为灾荒离开了阿勒坦 · 努特格。

噢，是在阿勒坦 · 努特格置的家！

家么，要说家更早啦，只是以前没有这样五个哈纳的蒙古包。那时我们住的是一个小套包，汉人们喊它“讨巴狗”，只能挤下我们两个。

（两个……是你和谁呢额吉？是你和丹巴哥呢还是你和那个自由英武的骑手呢？）

我默默地控马走着。

再往前数——额吉开口说。

再往前？是比住小套包更早的时候吗额吉？

嗯，那时候，在这上面也住过呢。

她瞟了我一眼。拍了拍松木高车磨得暗亮的横杆。她笑着又瞟了我一眼。我不知为什么觉得她笑得复杂又晦涩，甚至有些可怖。

住在达瓦上面？我惊奇地叫道。

那时达瓦的辕上架着一个白毡棚。

住棚车？

嗯，——雪白的白毡子棚车。

（你别看我不敢再问额吉，我敢打赌保证你住在白毡棚车里的时候住在松木车上的时候，你身边有个全乌珠穆沁最漂亮的小伙子。）

唉——在哪儿呀？我没精打采地问道。

阿拉杭盖。

哪儿呀？这个地名我听了几次了。

额吉怀疑地看了看我，她的神情冷峻起来。

哪儿呀你说的阿拉杭盖？

外蒙古。

我心里一震。我想起那份查家族手里的材料："在外蒙古后阿爱省……"原来阿拉杭盖就是汉文中的后阿爱省。（不，额吉，你不用担心我吐木勒，我可以信任。额吉我也一定相信你，我死也不会相信那狼窝一般的查家族的话。）

额吉，你真的曾是个瘫子吗？

瘫了十五年零一个春天。

真的吗？

额吉笑了起来。

没法子想象额吉！

额吉伸过手来，揉弄了一下我的头。

后来是治好的吗？

治好的，孩子。那年正办合作社人民公社，有个神一样的银头发老奶奶来到了阿勒坦·努特格，她治好了我那罪孽的坏腿。她用白酒白面，用活着的羊腿肉治了三次，腿上的罪债就消啦。阿勒坦·努特格，唉，我这罪孽缠身的老婆子为什么要离开它啊！

闹灾荒么。

你懂什么吐木勒，活着就是灾荒！

她生气了。我吓得不敢再多嘴胡说。雪压的伊和塔拉原野上，一小队一小队的黑色勒勒车在蠕动着，像是一些小船在浩莽的海里正拼命地划着行驶。

刚刚治好了腿，又办起了公社。唉，小吐木勒，额吉不该离开阿勒坦 · 努特格呀！

（一离十年，十年后我们从北京来啦。十年后我来跟随你回家去。）

额吉！我忽然喊，也许是神叫你来接我！神打发我来你的毡包里找你，做你的第二个儿子！对吗？你现在正接我回家呢！

她的眼睛猛地一亮。

她嘴角颤抖起来，半晌，一颗浑浊的泪珠子扑地溅下来。

小吐木勒，也许真是这样！……如果是这样事事都能想得通啦。神呐，除了这还有什么缘故呢？神呐……

额吉，你是怎么瘫了的呢？

是病，哦，也许不是病。是怎么瘫的，额吉也记不清啦。反正那个刮棕红色的风的春天，我不能骑马啦。巴姆，哦，就是你那蓝猫的额吉，她笑着骑着一匹老马，她一边笑一边用鞭子打我。拉蹦子呀，从山顶往下放呀，她就是这么叫唤着打我来着。因为她胆小，以前我们俩合骑一匹马去玩的时候，我一拉蹦子她就揪住我后背呜呜哭。我说，巴姆，快别用鞭子打我啦。下马来扶我一把吧。巴姆扶了三把也扶不起我。她那人身子弱得没有一点力气。我说，巴姆我也许快要死了，我这两只膝盖以下已经死了，巴姆你去寻个人扶我一把吧。巴姆哭了，她哭着跑了，可是她回了家了，她没有替我寻个人来。我想，怎么办呢？乳牛的奶子胀得那么高，牛犊子还眼睁睁地拴着呢。就是那一天我摸来一块皮子，把它垫到了这膝盖下。一垫……就整整垫了十五年多啊。那天我还是挤了奶。我记得那天我挤了三头乳牛的奶。

那是在哪儿呀，额吉？

阿拉杭盖。

我突然想到一个问题：咦，额吉！咱们队里难道不只是你一人去了阿拉杭盖吗？你刚才说巴姆额吉——

当然，有十几家人呢。死鬼桑结，喏，就是红鼻头骆驼倌，你朋友蓝猫家的吧吧老头、查家老汉和他大儿子——有十几家子呢。

我愤怒地猛一扯马嚼！

白马亚干惊得跳了起来，原地打了一个旋。无耻！我不知自己在骂谁。查 · 太平一心把我额吉打成特务，无非是因为她去过阿拉杭盖。可是不仅查家，全大队十几家人，十几个家族都缄口不说一句公道话，没有一家人对我们提起过阿拉杭盖这个地名！……人啊，我愤怒地想。人啊，你们心中有数地看着红鼻头骆驼倌被逼上了死路！大队里已经没有那座毡包了。骆驼倌上吊以后，他的家——那只蒙古包收进了大队仓库。搬迁开始以后，大队把那包卖掉了。

我想起那老人留下的一句话来：

“走吧，走吧，回阿勒坦 · 努特格去吧！”

[四十八]

小毛肯定被他们送进了医院。那伙学生像是东城或者西城区的。我们互相根本不认识可是典狱长非逼我交代组织。嘿，他妈的什么都有就是没有组织。石油附中那四个不要命的站在台子上齐声朗读“中央文革的某些人不要太狂了”的时候，他们也只是不要命但是没有组织。大海独自走上了抗美援越的战场，他更没有组织。我跟小毛、志伟刚回北京一个星期，我们心里只有腊子峡的景色和红军的流落人员，而没有你典狱长的组织。我烦了就嚷嚷说：“典狱长，我代表人民逮捕你！”我又添了一句：“缓期执行！”嚷完我就忍不住哈哈笑了。

那个被撕了帽徽领章的大个雷子真是顽强顽固。他缩在屋角一声不吭已经三天了。他那个角落黑漆漆的，他那身警蓝在那黑角落里变成了一种说不清楚的颜色。

他就是一言不发。

“喂，难友！”我喊他，“开饭啦！”

他犹豫着转过身来端饭。他顺便地瞟了我一眼，我觉得他的眼神怪得很，好像他觉得我可怕，好像我会给他带来一场杀头大祸似的。

我只好自己一个人呆着。呆急了的时候我就又叫又闹，冲着窗户唱《长征组歌》，大声朗诵《黑牢诗篇》里的那首“带镣长街行，告别众乡亲”。

第十一天我被释放了。典狱长告诉我要回到毛主席的革命路线上来。我说你还我袖章。典狱长又说他觉得我这个小伙子挺有朝气的，要是干好了能成块材料。我说你让我再看看那手铐。他不肯，背着手把铐子藏着，轰我走。

我回到屋里拿衣服。突然角落里穿警蓝的大个雷子低低地唤了我一声。我转过脸，他正瞪圆眼睛死死盯着我，那表情简直像个鬼。

[四十九]

前方看见了额吉和丹巴哥昨晚议论过的那个青色的羊粪盘——该扎营安歇了。

我跨在白马亚干的鞍上，在一片雪软的山坡上等着羊群吃收牧前的最后一顿草。这是个宁静得温柔的冬日黄昏。残月已经显出，淡淡的落日却还没有消没。

勒勒车队远远地停在那块青盘上，像一队小小的黑甲虫。

一个三角影子出现了。接着那三角变成了厚实的黑色。我扯着马缰一动不动地望着它。这是个无风的温暖的冬日。终于——有一股乳色的淡烟轻悠悠地升起来了！

家，我喃喃地出了声，家啊。

你是我的家么？虽然你千真万确地是我额吉的家。我的家里应该有小遐，应该有一个醉人的姑娘点燃那乳白的炊烟。小遐说，她的家在一块光洁滑净的芭蕾舞台上。蓝猫的父亲被隔离关进了黑屋，蓝猫说他无家可归。你是什么，是我的家么是我在草原上的家么？额吉说，草原上只有阿勒坦 · 努特格才是我们的家。

白骏马焦急地嘶叫起来。

我不知为什么微笑了一下。我觉出自己脸上的冻疤在这一笑中裂开了，但我又觉得这一丝痛楚使我心里舒服了些。明天黎明时还要起身赶路呢。我想着，催马朝那座黑黑的三角小包走去。暗暮中的雪原低伏着，已经先我沉入了安歇。

[五十]

我无法逐天逐日地复述那个移动的冬季。而且应该提前说一句——

我们并没有到达目的地。

迁出伊和塔拉以后，畜群已经瘦弱不堪。途中的一个名叫召 · 淖尔的公社接受了我们在他们的草场里借住——结果一住就是两年。我们没能走到目的地。

两年，酷寒恶暑中的、终日颠簸马背之上的整整两年……

我们变成"老插青"了。

可能我们就是在那两年里衰老了？

或者我们正是在那两年里成熟了？

要不，那两年漫长的牧人生涯反而使我们褪皮脱骨，反而使我们变成了一群小孩？不，不，那两年的时光是不可能尽数记忆的。客游天涯的知识青年又客居在邻社邻队，那滋味和体验不是外人、不是后人、不是缺少那种境遇和社会地位的人所能够想象的。它简直如梦如烟。它好像根本没有在世间发生过。干脆不承认它也没什么。

到了今日，人们开始把命苦啊、劫难啊、锻炼啊、回忆啊挂在嘴上了。人们都变成了总结的天才,说教的能手,历史的干净货，罪人的讨伐者。而我，如果一定要我在这半本书里，对那两年时光宣言表态的话，我该如何是好呢?

不，我无法回答。

我一句话也说不出来。

我只是记得在那两年里我劳动过。我只是牢牢地记得：活在底层的人是多么艰难。

在召 · 淖尔的牧场上我们东流西浪。没有土建的仓库，没有定居点和棚圈，没有洗羊池、打草机和配种站。我们人人一身褴褛，我们追逐水草而居。我们靠我们的乘马维持生产，我们靠我们的羊毛和皮张、靠我们七百天如一日的辛勤劳动挣来的几个钱活着。

政治和草原一起显出了本相。在喜怒无常的政治风暴中，第二个死鬼不是我额吉，而是阴险的查 · 太平。现在已经没有几个人还记得他了。

两年的流浪也是两年身心的大改大变。在那漫长的两年里，我们仿佛忘了一切什么城市什么大学，忘了人还会因为太饱太暖看戏太多而烦恼。我彻底变了。

不是粗鲁，其实我沾染了另一套礼貌。

但是心野了，我惯于想到哪里就跨上马朝哪里跑。我骑马骑成了癖。

我们每天都干活卖力气，晚上吃完了人立即乏困得想睡。我们——至少我自己忘了一件大事，忘了我们前方的目标。我们顶多只是依稀记得还有个地方叫阿勒坦 · 努特格。

[五十一]

“昼夜兼程二百四”的战斗计划在第一天就失败了。我恼怒地瞪着他们七扭八歪的鼾声阵阵的姿态，心里怒不可遏。

“起床！起床！出发了！”我踢了小毛一脚。

小毛惊叫了一声，蹦了起来。

“真该死！”她低声骂道，“睡死过去啦！”

“快！快出发！”我气透了。

大海走了以后，队伍一直有些失魂丧魄。我们想起《长征组歌》里有一句“昼夜兼程二百四，猛打猛追夺泸定”，就决定来一次强行军，一直冲到腊子之外再休息。昨天从清晨七点出发，六十里抵达长征接待站时，刚刚下午两点。我们连喘口气的工夫都没有停，立刻就登上了那座大山。天擦黑时下山到河边，休息吃干粮。夜行军大约是晚上七点开始的；在夜行军开始之前我们都挑了脚上的水泡。

昨夜有暖暖的夜风。记得大步走着，汗水湿透的脊背被那暖风一抚，心里熨帖帖的。后来，脚丫缝里的那个血泡胀起来了，好像也忘了那股黑乎乎的暖风。后来我只能光想着那个可恶的血泡。它生在右脚的脚丫缝里生得可憎又可恶。昨夜四处都黑洞洞的；后来我们走上的那条路很奇怪，没有泛出那种硬硬的白亮。好像我们不断地互相喊名字来着，我们互相低声唤着“小毛”、“志伟”、“哎”……我想我们要是都有一条白毛巾就好了，我可以下令小队把白毛巾捆在左臂上，那就活像是红军夜老虎的尖刀班啦。昨夜黑得均匀，黑得温暖，后来我终于踩碎了那个可恶的血泡，夜就显得又黑又柔软。

“小丫！”我唤道。

“小毛！”小丫唤道。

“志伟！”小毛唤道。

“——大海！”志伟的声音有些颤抖。

“……”都沉默了。一切又成了黑暗。

大海走了。也许大海已经偷越了友谊关。越南前线打得已是白热化，大海也许已经到了越南。黑夜一刻比一刻软绵绵地瘫着塌着，两腿迈出去好像踩着一片黑棉花。我的脑子也又浑浊又瘫软，我觉得我走得愈来愈慢了。

我一头撞在一面墙上。

“哎哟！是个大院子！”我听见小毛在黑暗中喊。我摸摸额头，觉得手上抹了一把干土。

“村子！”志伟喊道。真隐蔽呀，我想着，我觉得自己已经忍不住了。黑夜里的黑村子，我觉得自己的脑子黑沉沉地朝那黑暗滑过去。

“休息一小时。”我说完靠着墙坐下来。我觉得自己像一条潜入黑湖的鱼，立即睡熟在一派黑黑的波浪里了。

天色大亮了。小队闷闷不乐地赶着路，谁也不说一句话。我羞得慌。昨夜只走了一半就丢人地睡死过去啦，昨夜是耻辱的失败。休息一小时，我闷闷地想，哼，整整睡了五个小时半，睡到天快亮！……“昼夜兼程二百四”吹啦，我想起了大海，心里抑制不住歉疚和害臊的感觉。我故意不挑脚丫缝里那个水泡，让它火辣辣地疼着，我心里好受多了。

[五十二]

李小葵浑身泥水淋漓，脸上鼻子上也满是泥巴。他从井口爬了上来，顺手抹了把脸，那些泥巴就横横竖竖地把他的脸打扮花哨了。他用一根胶皮电线勒着腰，把破布条一样的蒙古袍子前襟掖在那电线里。他爬上井口以后谁也不理，踩着粘了两块“热补”的胶靴，咕叽咕叽地朝他自己的窝棚走去。

黑虎挺着大锅般的肥肚子，突然截住了李小葵。

“嘿！达不苏！”

假李逵一直怕黑虎。他从黑虎家搬出来的时候就说过：黑虎是个活畜生。他一挣，从黑虎的巨掌下挣脱了身子。

“咦！——”黑虎威胁地发出个怪声。“你这达不苏！我问你：你的井，”黑虎故意把“井”这个词说得重重的，我知道这是因为蒙古话的“井”和另一个最不能提的词儿很像，“你的井，出水了吗？”

周围饶有兴致地站着几个老牧和知识青年，都等着开怀大笑一场。

“你的井，井！出水了吗？达不苏？”黑虎用肥大的熊掌轻轻捏住假李逵的肩头，我在一边看着，渐渐有些看不下去了。黑虎正在“玩”可怜的假李逵呢，我想着，给蓝猫使了个眼色。

“没出水。”李小葵可怜巴巴地回答。

黑虎微笑了，又问下一句：“没出水？打井么，井么，怎么能不出水？——你，你有问题吧？”

人群里哄地笑了起来。

黑虎捏着李小葵瘦窄的肩胛骨，把李小葵扳过来拧过去地戏弄。我和蓝猫正打算出马干涉，可是我们在那一瞬间都呆了：应当说，黑虎算是假李逵的哥哥呢。假李逵绝望地半张着嘴，黑瘦的脸羞臊得渐渐涨红。我知道这个达不苏只会几句蒙古话，他听不懂黑虎那下流的双关语。围着看热闹的人群愈笑愈开心。黑虎换了换手，用大肚皮顶住李小葵黑瘦的窄肩膀，开始使劲捏李小葵的脸。

李小葵死命一挣。

半个袍袖哧啦一声裂了下来。李小葵那撕掉了半扇的烂污袍子里头，露出了皱巴的海军灰皮和一截脏脖子。黑虎的胖手里攥着李小葵那半条黄褐色的烂袍袖。草地上的人群忽然寂静了。李小葵红涨着脸，吱吱地踏着破胶靴，朝自己的窝棚走去，把人们甩在背后。

我和蓝猫朝黑虎走过去。黑虎目瞪口呆地抓着那半截撕下来的袖子站着，不知是羞还是怒。蓝猫走到黑虎跟前，劈手夺下那半条袖子。我们转身走回来，掀开门上的草帘子，钻进了李小葵的黑窝棚。

李小葵正握着根肉骨头，嘴里使劲地嚼着，脸上却泪水纵横。

我们俩坐下，默默地说不出一句话来。

李小葵用牙又咬下一口肉。两汪泪还汹涌地淌上他的黑瘦脸，把那张脸冲成一道道横竖交流的泥沟。

“别他妈哭了！”我烦乱地喊了一声。

李小葵使劲抹了一阵脸，不再流泪了。窝棚里又潮又暗，挖了两锨深的地穴上抹了些白胶泥。不知是因为返潮还是因为涮锅水泼在地上，那层白胶泥又稀又黏。我咕叽一声从地上拔起靴子，到碗架那儿刨了刨，只有半盆啃过几遭的手抓肉骨头。看来只剩下一块挂着点肉的，李小葵正抱着啃呢。李小葵又抹了抹脸，伸过手里那根腿把子骨来：

“喏，你吃吧。”他说。

我恶心地扭过脸去，又打量他这间狗窝。地上卷着一领毡，里头裹着一床被头黑油油的脏棉被。木架上支着一口铁锅，炉架上架着一个旧铝壶，牛粪箱子旁边扔着两只白瓷碗，还有一本没封皮儿的《三侠五义》——这就是他的全部家当。还有一盘鞍子，一个和我那个一模一样的钢板纸箱子。我扒拉了一下他那盘鞍，发现鞍上没有镫子。

“咦，假李逵，你那雕花镫呢？”

李小葵立起身来，提起铝壶晃荡了几下，里头哗哗的。他咕叽咕叽地踩着白稀泥，到粪箱里抓了几块干粪，打算点火烧茶。

“镫子？早他奶奶的卖啦。”他低声说。

我可惜地喊起来：“卖啦？干嘛卖？”李小葵的雕花镫远近闻名。一对镫上，一只镂着头骆驼，一只刻着匹马，漂亮极了。

“换钱。买粮。”他说。

我们都没话好说了。火苗和浓烟蹿冒起来，半壶水在火苗上嗞嗞地响。我和蓝猫默默地盯着假李逵，看着他又蠢又笨的每一个动作。他先“噌”地甩掉一筒鼻涕，再抓起一把“达不苏”投入水中。他又抄起个斧头，拉过鞍鞯垫着，把砖茶劈砸得碎块横飞。劈下的碎茶抛进壶里，他一脚把鞍子踢回角落。我看了看那鞍架上挂着的鞯，只见上头净是横七竖八的白痕道。水汽砰地撞开壶盖，黑黑的茶沫子溢了满壶壳子。我和蓝猫盘起腿来，该喝茶啦。

[五十三]

从山顶望去，那里有一条淡淡的红水河一般的红颜色。那里是盆地的槽底，好像有一道沟壑或者崖壁在那里横着摆开着。那道沟壑或者崖壁是浅红色的，在大地上蒸发着的白气背后隐隐发光。

“那是什么呀？”小丫皱着眉毛使劲瞭望。

志伟也站住了。“像是……赤铁矿露头。”

我猜不出来。

小队顺着山道下到山脚下。盆地三面的荒山都映入了眼帘。这大西北的荒凉山岭黄亮亮的，黄得发渴，黄得静寂。蒸发的白气升高了，那道远远的低洼处的红色开始变得鲜明醒目。

我们顺着硬实的大道走着。队伍走久了，腿脚都习惯了，我觉得这么千里长征尽管不轻松但是也不算累。我们每人穿两条单裤，膝盖那儿，在两层单裤之间衬着缝进了一层羊毛。刚出来时在干粮袋里灌进的白糖拌炒面早就吃干净了，现在我们的干粮袋里塞的是豆面馍馍和咸菜。球鞋在蹚河的时候湿透了，现在两根鞋带头上晃坠着两个小冰球。我气喘吁吁地走着，前方环形展开的两道秃黄山梁静静地靠近过来。远处那道红线渐渐在视野里变得粗厚、变得清晰了，像是浅浅的黄色的干旱盆地里积了一洼红渣末。

“县城！”小毛惊叫了一声。

真的。一座被漆红的城池浮现在眼前。可以辨出那漆红了的长长院墙、漆红了的城中的小楼、漆红了的水泥塔和漆红的电线杆。一座被鲜红的油漆彻底漆过一遍的城。一排排红漆标语和一些飘抖的红旗横竖贯串着，红盒子般的排排红屋简直像假的红壳玩具一般。

我们都惊奇地张大了嘴巴。

“真有邪的——”志伟开口了，“这帮子外地人，真有他们的！”

我们迟疑着，不觉放慢了步伐。

走到城关的时候，炫目的红色简直晃得我睁不开眼睛。眼睛被红色晃得发涩，呼吸中呛着一股火热的红色的味。我觉得心里满是一股说不清的亢奋。临街的墙壁完全抹上了一层红油漆，在阳光下亮闪闪的，红得璀目，红得浓重，红得像刷成一层的火，显得比熙熙攘攘的人群更热烈。我们从一间间一排排红红的房子院子前走过，人们好奇地在红艳艳的马路边围看着我们。这些人土里土气，又憨厚得可爱，一律佩着红袖章。在刚刚走上柏油马路的道口上，有几个人从漆红的岗楼里走出来，迎着我们走了过来。“站住！”他们喝道。

我们奇怪地站住了。

“你们是红卫兵吗？”有一个人问道。

“当然是。”我回答，心里觉得很可笑。

“是红卫兵为什么不戴红袖章？！”他又问。

小毛嚷道：“形式主义！凭什么红卫兵就非得戴红袖章？我

们是——”

“你说什么？毛主席都戴上我们的红袖章啦！——你敢说是形式主义？！”

我们突然无言可对。半晌，我想起挎包里的介绍信来，就掏出来递给了他们。

他们看完介绍信以后，宣布要检查下这封信的真假。小毛火了，跳起来大叫道：“你们凭什么检查我们？要排起辈来，我们是你们的红祖宗！”而我却突然联想到一个古怪的念头：大海，我突然想，如果大海在路上也碰上这个，那……那算什么事呢？我的心咯噔一沉。我觉得好像还不光是因为大海没带介绍信；我觉得这事的里头好像还藏着个什么别扭的东西。

检查以后，县有“士兵”（这是志伟给他们起的外号）满脸都是憨憨的笑容。我觉得这伙人简直分不出到底是农民还是县城居民。他们又朴实又土鳖。他们都穿着大裆的黑棉裤，紧鼓鼓的黑小袄，头上顶着个黄不黄绿不绿的“屎军黄”解放帽。他们又认真又犟气地给我们讲着他们这儿的形势，眼中满是严肃和激动的神气。他们兴高采烈地搂住我们，抢去了我们的背包和干粮袋，兴奋地陪我们走着。我们被这群黑袄黑裤的“士兵”簇拥着，他们的假军帽和红袖章在我们四周乱晃。我渐渐感到一股古怪的滋味儿。刚才的不愉快消失了。

我问：“哎，这是什么呀？”我指着一排排漆红的房屋院墙。

“红海洋。”他们回答。

[五十四]

小遐你睡了。

小遐你每天来到这座石人雕像以后你就累乏得酣酣睡去了。

夏天的牧场多热啊热得死静死寂热得大草原上没有一根出声的野草，这酷热使你疲倦啦这召 · 淖尔公社草地上灼人的酷暑把牧人折磨得疲软啦。你睡吧你睡吧你睡吧。

你总喊我“漂亮的黑袍白马的青年”那么你睡吧你的黑袍白马青年在守着你。

可恨的云影它还不移过来

为什么召 · 淖尔也有这种石人雕像呢

你真美丽啊

一身褴褛遮不住你的美丽大小补丁蓬乱如毡的头发碎烂了前襟的蓝布袍子遮不住你的美丽穷困潦倒为一块钱干最凶险的劳动每天每月每年地喝着黑茶吃着两小碗饭遮不住你的美丽

冻疱又被阳光灼裂但是你更美了

我满心的喜悦你知道么我独自获得的那说不清楚的感动你知道么好像白骏马亚干一跃就飞过了戈壁尽头的那条断沟我在吻了你的瞬间突破的天险你知道么

我知道我在感激和温柔的时候是多么纯洁啊我为自己而久久惊奇

酷夏的绿草地凝固着呢草原也在卫护

千里宁寂这安宁是我们的这座有石人雕像的小丘叫作“浑太 · 套布格”意思是人之丘

人就是你和我而我因为你变成人了

我倚着草滩歪躺着。我屏住呼吸凝视着眼前这位不知为什么竟然属于我的姑娘。我其实那么想狠狠地搂抱她使劲亲吻她一遍遍地证实她完全是属于我的但是我没有那样做。我心疼地久久望着她。多么神奇啊。这个酣睡在草原柔软胸脯上的憔悴褴褛但是绝美动人的姑娘是我的。青春的祭奠是为了我诞生的。你使我骄傲。

青春之美，生命的美丽瞬间啊

直至今日我想直至我人生的末日我都不会忘。在我的心走过的颠簸路程上，这样的美丽瞬间给了我多么紧要而宝贵的推力啊。虽然我的这颗心在奔走中一天天变得冷硬如铁，但是我不会忘记。我不是在向谁保证，是我自己太懂得这一切的宝贵了。

小遐醒了。

她疲惫地叹了口气，痴痴地望着草原。

我不愿意在这会儿去惊惹小遐。我摸了一把自己的脸，手指间沙沙地落下晒干的皮屑和汗水晒成的盐粉。春天接羔的时候她从马上摔了下来，我赶到她家的时候她已经不哭了。那天夜里没有月亮，可是她哥哥队长索米亚还是摸黑在山坡上套住了那匹能套车的黄骠马。我在黑暗中扶着马竿给黄骠马戴笼头的时候我觉得手里扶着的那根马竿有些颤抖。就因为这个我改变了对索米亚的看法。那天后半夜队长索米亚和我赶着轻便马车上了夜路。我打算把马赶得小跑着走可是索米亚直接用藤马棒打马使马哗哗地拉开一溜蹦子。我虽然在黑夜里也没有搂着小遐让她在我的怀里不受颠簸，因为我知道牧民们都讨厌“这个”。我默默地坐在索米亚大叔旁边，看着那惯于驾车的黄骠马在黑夜的大道上踢出一串又一串的火星。我在颠簸中看见黑黑的山影黑幢幢地向后闪去向后移去时，我想我不能抱着你像个酸货一样。你忍住吧你自己忍着这颠簸吧卫生院就要到了。天蒙蒙亮的时候我们的单马车来到了召 · 淖尔公社卫生院，太阳刚刚升起来的时候你的右脚打上了石膏。你的右脚断了。骨折的地方是右小腿的胫骨也就是“顶门棍”。你哥哥一贯阴阳怪气一贯没个笑脸的队长索米亚笑了。他说这太好啦“牙莫勒赛汗莫勒根挨期借呗”摔得多好啊摔得多巧摔坏这根骨头没关系。队里的牧人们也都笑了，他们纷纷说这根骨头根本没用处，顶门棍骨和肋叉子骨都是人身上的废物草原上有谁谁谁摔断了顶门棍摔断了肋骨从来不去治。我那时听见广阔的草原也忽地松了一口气。我不知道是该感动还是该无可奈何。

你的右腿骨断了。

[五十五]

大海来了一封信。幸亏我们一直用中心邮局当通讯处的办法和家里和学校联系。我们一到邮局，我一摸出学生证，就看见了信封上大海那硬硬的字迹。

我很快就要越境了。我计算你们已经胜利地越过了天险腊子口，因为越境之后不可能再通信（关于我的越境方法我不能写了，请原谅我向你们保密。因为谁知道你们能不能见到这封信呢），所以在这里请接受一个战友最后的革命敬礼吧！

在路上，我被扣留了三次。有一次差点被枪崩。那回是镇压一个外号张飞的坏头头，听说他使两把盒子枪，已经有十几条人命。我看了布告（这布告是张飞他们的对立派贴的），布告上写着这个张飞私设公堂，拷打贫下中农，有一个贫协主席被他用电线捆住两脚，然后拉开开关通电，把那贫协主席烧焦了。布告上还说他 ×× 妇女。我通过那镇子的时候，正赶上枪毙张飞，处处戒严，所以把我也抓了，不过只扣留了我一天。

可是我更讨厌这一派。因为他们戒严的时候（也就是抓我的时候），有一个人拿着一把手枪（不是盒子枪而是真正的五四式军用手枪）骂骂咧咧地走过来，他一边骂“干什么？挤什么？”一面朝着围观的普通群众当当就是两枪！我亲眼看见一个围着看热闹的妇女慢慢地蹲下去，最后躺在地上，血流了满满半条马路。那血一会儿就干了，凝了，卷起一个又厚又黏的边。人群吓得散开了，我当时一句话也说不出来。这样的事儿咱们在北京、在甘肃从来没有见过。我猜你们保险不能想象！……我没有看见那个

“张飞”，也不知道那个人的情况，可是我看这个拿手枪的倒是该枪毙，他太坏了！他是不折不扣地在破坏主席发动的文化大革命！我想，要是我们的队伍在这里，我们绝不允许这些坏蛋胡作非为的！……

还有一次被扣留是在广西，那次也挺危险。那次我被他们审问得火了，就骂了他们。

我说老子跟着红司令毛主席造反的时候，你们他妈的还是一群臭保皇哪！结果，那群人，好大的一群人哪——就喊：打！打！！打！！！我听着他们咬牙切齿地喊的时候，我突然觉得可能我就要这么完啦。因为他们气得红涨着眼睛，他们使劲地朝前挤，打！打！！打！！！那声音里清清楚楚地响着一片咬牙的咯咯声。那喊声像雷吼，我觉得那打打打的咬牙切齿的声音里充满了杀人犯的味儿。石头啪啪地扔过来砸在我身边，别笑话——尤其是小毛别笑话——当时我真有点怕了。我怕就这么不明不白地死在这一大群乌合之众的手里。那些人拼命朝前挤，如果那天他们挤过来我就成一摊肉泥啦。那么多人……后来我一想起那么多人，那么一大片黑压压的人嗷嗷吼着喊打，我就难受和恶心。

后来我在路上经常读毛主席著作。因为我觉得自从被扣了两次，我的思想需要清理一下。我好像讨厌人。真的，讨厌人。我的思想深处出现一种要不得的错误思想：那就是觉得人们有时也会变得残忍凶恶，变得毫无阶级感情。现在已经好多了，我反复读了《湖南农民运动考察报告》，又变得坚定了。

第三次被扣留很简单，问了一会儿就放了。

现在，我亲爱的战友们，我已经到了祖国的南大门。我觉得心里冲腾着革命的豪情。我觉得，有一种战火纷飞年代里，手擎红旗冲在连队前面的那种旗手的感觉。让旗手倒下,让红旗前进！我一想起这两句话就热泪盈眶。让埋葬帝国主义的战斗前沿，也出现红卫兵的身影吧！让世界上三十亿人民抗美援越的伟大战场上，也抛下我们的热血吧！

亲爱的同志们，明天我就要越过国境，到达炮声隆隆火光闪闪的越南了。你们理解我激动的心情吗？再见吧，光荣和胜利属于我们的红司令毛主席，光荣和胜利属于我们毛主席的红卫兵！！

再见

大海

12月26日

[五十六]

当那几个人发出一声喊“哥们——儿！——呀”的时候，他在人群里挤得喘不过气来。接着他听见齐齐的一声叫，一声故意的怪叫。“哥们儿！呀！”面包车轰的一声翻了个四轮朝天。当那些哥们儿们乐得呵呵大笑时，他正好挤到了前面。那是几个歪眉斜眼的北京胡同串子，一个个姿势又流又痞。“哥们儿再来点劲再拔它一份烧了丫挺的烧了丫挺的！这车号哥们儿知道这他妈车是公安局的一点没错烧丫挺的快烧呀！哥们儿！我打大清早就他妈跑这儿来陪着周总理来啦，可他们丫挺的镇压咱们哥们儿！还有车给丫挺的们送饭我操他妈的！烧呀哥们儿给它一大哄呀噢——”他看见有一个人摸出火柴的时候他觉得又开心又好玩，因为刚才盯他的那个穿风衣的人没敢跟着挤过来。他看见那人用一根细细的火柴点的时候，他心里掠过一丝好笑的嘲讽；可是当他看见那人伸手去拧油箱盖的时候，他愣了。

真要烧么？这些人是什么人呢？工人？流氓？群众？便衣？他觉得自己在紧张地想。也许是不能想象的阴谋。他觉得头脑僵硬而迟钝。他正想睁大眼睛再看仔细些呢——

轰的一声，一股呛人的红焰冲顶着一团黑油烟蹿上半空。

革命运动是什么？人民是什么？历史是什么？

[五十七]

接近大坂顶点的时候，并没有感到空气稀薄，只是冷。他觉得寒冷像掺在空气里一样，粗拉拉地割着脸颊。在斯坦因地图上，这里等高线密得像线团。马子费劲地一步踩着一步往上登着，骑在鞍上能觉得出鞍子下面的马背在汗涔涔地一耸一耸。马真是有劲儿，他老练地感觉着马子的蕴藏，像这样再有两个小时就可以登上坂顶。冰冻的空气透明地、刀割般地掠过身边，他数着马子的步伐，每数一下他觉得自己就登上了几寸。这就是等高线，他新鲜地体会着。现在我已经用肌肤用整个身心体会了地图上那些狰狞的等高线。前方的坂顶铺着一层薄薄的雪白的冰碴。并没有吓人的厚雪，他听着锐利的风啸想。这样高的大坂上留不住雪，只留得住冻人的寒冷。一九一四年斯坦因的骆驼队通过的时候，有几头骆驼上驮着给养，全体探险队员都背着步枪。当时中国政府对这位洋人毕恭毕敬，有一支服务的毛驴队为他们运来礼物。在上山之前，在南疆的焉耆和库尔勒，他两次和日本拍摄《丝绸之路》的小汽车相遇了，那几辆漆得花哨漂亮的越野车上描着一对握在一块儿的手。不，还不是握手的时候，他冷冷地想到。当你们住在那个招待所的时候，我们中国旅客连在院里散步都挨盘查。不必握手，我们可以在新疆这块大地上赛一赛；你们的汽车可以在平地上跑，我的骏马却能往大坂上爬。大坂正在肃穆地渐渐靠近过来，马子剧烈地喘息着。“大叔！下马，下马牵着走吧！”他高声喊道，他听见自己的喊声在峻峭的天山之巅激起着一浪叠过一浪的巨大回音。

海拔只有三千多米，所以斯坦因对这道大坂并没有大肆吹嘘。他只觉得冷，只是两肩和胸部觉得冷，下身穿着那回族毛驴客的棉裤，所以下身并不太冷。他抬头望望前面的毛驴客和老向导，那两个汉子也在默默走着。他们在大坂上也停止了闲谈。山谷里静得惊人，四面都是薄薄带着一层雪白冰碴的铁色山坡。强风时息时起，风起时冻僵的空气便猛地抖出一声响。大坂，他仰头望着那道鞍状的白色山坡，这一回不再是一道横岭，这一回是真的登上了大坂。NHK 的小汽车漆着两只握紧的手，可是那两只手握得毫无感情。越野车也登不上这样的高海拔，这里连马匹也不能骑了。大坂上有一道阳光在闪烁，雪白的冰粒在幻出美丽的虹彩。你就这样静静地近了，你就这样静静地朝着我走近我，我的大坂。他感动地摇摇头，牵着马，使劲地向上攀去。

如果那辆漆得花里胡哨的小越野车里出来一个日本人，如果他能像赶毛驴的回回一样和我分穿破棉裤，如果他能不嫌弃这座大坂的荒凉而爱这座大坂，那么我就和他握手。等我翻过去到了吐鲁番，等我把考察报告发表出来，连混蛋也会喝彩的，可是那又有什么呢？你拼命赌气地冲向这座大坂又是为了什么呢？写那么一篇狗屁论文的意义究竟是什么呢？让自己的妻子呻吟在血泊里让自己初次迎来的小生命夭折究竟有什么意义呢？天山有三百三十三座大坂最危险的大坂并不是这一道你赌上一条命翻这道三千来米的大坂能得到些什么呢？

不，我不能为那些而奋斗。他想着使劲扯直了手里的马笼头。我登上这座大坂是为了乞求收容，乞求这座圣灵居住的亚洲最美的山脉的承认，我牺牲了一个女人的盼望和一个孩子的性命来朝拜它。直到此刻，直到我已经接近了坂顶我才明白了自己的初衷。为我晴朗吧，为我展开你襟麓下的世界吧！

就在这时他登上了坂顶，一眼看见了茫茫的南疆。

[五十八]

那一天，天空流着可怕的黄色
然后，最后的暗杀结束了
就在你住的广场一角
全部只是一把斧，还有一颗头

那一天，小城充满甜美的蓝色
于是，最后的叛卖结束了
就在你住的市场四周
一切只是一块钱，买了一颗头

不，没有任何不解。我用预感破译了他的晦涩，我凭着同类的嗅觉深深地踏进了他的心。小林一雄最深的苦痛也许就在这里，是的，暗杀和叛卖。为什么？

不知道。我只凭着我坚信的同类的直觉。

他感到被暗杀的恐惧？他感到威胁？

是的，男子气的深处是恐惧。

那么叛卖呢？

不知道。

他独自一人。他是民谣之神。谁叛卖他？

也许正相反。

你说什么？你这不害羞的日本国师！

他是叛变者。

住嘴！

谢谢你，我为你这一声怒骂永远谢谢你。这证明了我热爱的小林一雄也震撼了你。但是，我只能说，也许前卫、先锋、追求、执着、创造、扭转历史——这一切本身就包含着背叛。他勇敢地前进了，世人却看见他彻底地背叛了。他爱世人，他爱人爱得一往情深；因此他痛苦，痛苦得不能自拔。他只能背叛，然后只能痛苦。

你这是——宗教分析！

哦！

他惊愕地手一抖。好一双锐利的眼睛啊，他想起了一双黑亮逼人的黑眼睛。但是同一刹那他觉察到自己倏地垂下了眼皮。

你怎么啦，难道你和小林一雄真是同类吗？我比他走得更远。我虽然还没有起步但我明白：我在本质上比他走得更远。那么你案上的稿纸你手里的两件工作就是……你所谓的起步吗？不，也许只是一个告别。你懂了吗，也许这只是一次背叛。我也要像那个挂着吉他、咬着一支钢架支起的西部口琴、低垂着双目的人一样，向着把我养育成人的世界郑重道别，踏上旅程。

这个道别不用宣布。但是也许会有一个辉煌的仪式。别用你锐利的黑眼睛揭露我，请允许我——允许我默默地开始吧。

[五十九]

腊子口，我轻轻地在心里唤道。

当年红军攀登过的峭壁此刻就在我身右。小毛和志伟他们正叽叽喳喳地商量怎么爬上去。那峭壁不是想象中的那种万丈绝壁，它不太高而且长着野草灌木，但是它确实是峭壁。我久久地望着那道青黑色的峭壁。没有这青绿色的悬崖峭壁腊子口就不算天险，我心里想，没有这道峭壁红军也就突破不了腊子口天险。

腊子峡扭曲着在一片葱茏中被截断了，现在已经看不见那高高的腊子乡。现在是青翠的腊子的十二月，松涛峡水在悦耳地、在和平地奏着一曲音乐，在清澈的峡水上架着一座独木桥，抵达腊子口以后我们已经在这座威名远扬的独木桥上奔跑了多少遍。小队久久地逗留在这里，我们舍不得马上出发离开。红军，你们知道吗？三十年后又有几个戴八角帽的红军到达腊子口。我们是多么想知道你们心里的一切啊，你们知道我们心里的一切吗？

我们默默地在腊子口散步，溜达，东找找西看看。我们都没有互相说出心里的激动。自从制定了长征腊子口计划以来，我们在南部甘肃的山野中奔走了那么久，每天走得精疲力尽，好像在跋涉中我们已经忘了腊子口。

我没办法下命令出发。大家都恋恋不舍地想在腊子口多停一会儿。我干脆卸下了行李，在那座独木桥上坐了下来。

小毛也走了过来。她学着我的样，也在窄窄的木桥上坐下，把两腿垂向桥下奔腾的河水。

志伟和小丫也走过来坐下了。

我们四个人坐在独木桥上，默默地看着轰鸣宣泄的碧绿峡水冲腾而来，在我们的脚下激起白雪般的浪花泡沫。

青濛的峡谷里再无别人，腊子口今天是我们的。天险好像也通晓人意；我坐在高悬河上的独木桥上，不知为什么觉得满心都是安全的感觉。

大海还是应该先来这儿，我忽然想，他如果能这样在腊子口坐一会儿，他就能闯遍天下。

雄峻的甘南大山叠叠嶂嶂山形险峭但山色秀丽。静寂从腊子水的轰鸣中飘游出来，在青茏中弥漫，在迷蒙中沉浮，好像在苍茫无边地静静地卫护着我们。

[六十]

大迁徙真的又临近了！

落雪以后，这个冬天马上显出一副不吉利的恶相。天一热一冷，于是雪下得没有了间断。入冬以后不久，好像——好像羊群里刚刚放进种羊扒子以后不久，大地上的雪就结了硬壳！

召·淖尔倒是不逼命了；听说他们也慌啦，正在商议走场的事。他们甚至不如我们，我们抓住了秋末打了一茬芦苇，现在每家的小箱子里都有几个压箱底的钱了。

丹巴哥日复一日地紧张修车。嫂子把秋末丹巴打来的旱獭油弄出来，挖空心思地想驯我们的犍牛吃。我每天都开始喂我的白马亚干一碗料——或是小米饭，或是肉面条，或是向苇塘里的阳原盲流要来的苞谷渣子。

但是额吉病了。

[六十一]

监狱是个奇异的容器。这间屋子里的几个人像是几个化学元素，几个应该水火不容的完全不能共处的化学元素。靠窗户的瘦条个是纠察队的看守所长，他指挥着一伙人把一个老头活活打死了。靠尿桶的大学生是个自杀分子，他连哭带闹地跪着求着把他自己抓起来，一口咬定自己内心深处反了林副主席。背着大伙面朝墙的胖子才初中二年级，这小胖子在抄家时偷了几十块手表戴满了两条胳膊。从头至尾默不作声独自坐着的大个儿是警察，不过领章帽徽已经给扒了。穿大衣的湖南佬每天夜里疯子一般高声唱湖南小调，和其他牢房里的湖南老乡用土话串联，听说他是个黑理论家。还有一个粉嫩粉嫩的大白胖子只关了一天就出去了，他那天是被他家里的厨子、司机、保姆给扭送来的，那保姆哇哇哭着撕他的粉耳朵可是被典狱长拉开了。最后一个是我。

一共有七个人在这间监狱里关过。不，应该说我在那儿“留学”的时候，一共和六个人加上我一共七个人在那里坐过牢。七个人好像全那么不一样，所以说像不同的化学元素给灌进了一个容器里。

是我交待我彻底触及灵魂我打那个老头最后打得那老头头朝下跳了厕所的坑那时候我什么也没想只觉得痛快打得顺手极啦痛快极啦所以我笑啦我一笑纠察队打得更凶啦我错了我服从对我的审查我知道我坐的是社会主义的牢

俺内心充满对党的无限深情俺家世世代代是贫农俺吃着党给俺的助学金上大学可是俺对不住党啊俺内心深处丑恶肮脏俺不光是对中央文革小组的首长同志有过不满的闪念俺还对最最敬爱的林副主席闪过怀疑的反革命闪念俺怕俺怕俺怕自己俺保证坚决接受监狱看守所的正确改造另外俺要求退回住在这呢还领着的助学金十六元

哇呜呜我偷了二十三块表哇哇呜我也不知道怎回事哇呜我不啦我不啦真的是二十三块我保险只偷了二十三块哇哇呜呜呜

（被用细铁丝捆成粽子的警蓝服的大个儿决死决斗般一言不发。）

滚滚怕你个比方幺妹枪毙好罗砍头好罗毛主席万岁中国共产党万岁你个幺妹革命的理论是杀不死的怕你幺妹老子就跳湘江来杀头哟你个幺妹怕你没得这一把刀

无法无天简直是无法无天去给中组部打电话我的情况中组部知道岂有此理无法无天

带镣长街行告别众乡亲典狱长我代表人民逮捕你缓期执行典狱长我是腊子口上的红军我们的红军决不容许你铐着我红卫兵万岁

[六十二]

我抬起头，睁开眼看着她。草原上拂来的长风轻轻掀着她枯干皮肤上的乱发，那乱发填着她脸上沟壑纵横的皱纹。我突然觉得她这闭着眼睛的侧影非常漂亮。

我愣愣地问出了口："额吉，你年轻时非常漂亮吧？"

"傻瓜。"

我不管不顾地胡说八道起来：

"额吉，丹巴哥的……我阿爸——他肯定也非常漂亮吧？他套马棒吧？是摔跤手？"

我一定把额吉惹恼了。我后悔地闭上了眼睛。额吉静静地在我旁边沉默着，连呼吸的声音也听不见。

"他是个瞎子。"

我一时好像没有听懂，我傻子般地问：

"瞎子？"

他说：姑娘啊，也许你怀里只揣着这一块奶豆腐。你若是把你这一块奶豆腐让我吃了，你怎么熬过这长长的一天呢？我说：吃吧你是个瞎子你还可怜别人什么呢。他就蹲下来咬了一口。我到今天也记得，他只咬了一口就咬掉了那奶豆腐的一半。他说：姑娘啊，我只能听见你的嗓子可是四周黑漆漆的我看不见你，你好像一直骑在马上。我说：是啊我在放羊呢。你不用留着那半块奶豆腐你不用一个劲地摸着它不吃。你吃吧，我全给你啦！他就又咬了一口。他这第二口就把那块奶豆腐全咽下去啦。我说：大哥，你饿得多可怜呐。他说：姑娘，你为什么总骑在马上？你不能在草地上坐一会儿吗？我听见草在喳喳响，你的羊群不正在喳喳地嚼着草吗？

（那时我额吉一定是个美丽的牧女她那苗条的身子上一定裹着一件我没见过的古时候的蒙古袍子她骑在马鞍上她的腰肢一定像柳条一样轻盈地摆着。）

我说：大哥哥你摸一把就知道啦，你摸一下我腿上有些什么。他说：姑娘是谁把你绑在鞍子上？是谁把鞍梢条系了个死扣子让你不能下马呢？我说：没有什么大哥哥，我记得我从八岁那年就被捆在鞍上放羊啦。

（额吉你第一次向我讲到了你的童年额吉那一年你有多大岁数啦？）

十八岁。他说：姑娘啊，你若是有胆量我就解开这个死扣子。你整天从早到晚骑在鞍子上，你的腿不疼么？我说：真的呢，我的腿好像已经有了毛病了，挤奶的时候我拼命跪可是跪不下去。他就摸着我的腿，摸到了皮梢条系成的那个死疙瘩。我说：我怕！你千万可别真解开它呀。他说：姑娘，你太可怜啦，我现在就解开它。他的手巧极了，太阳下山时他又帮我把那个疙瘩系上了，系得和原来一模一样。那天晚上我挤乳牛时，跪下去的时候膝盖没有咯吧咯吧地响，因为下午我在草地里躺着晒了太阳。

（他是个心好的人额吉一定是立即就爱上他啦可惜他看不见爱上的姑娘有多美。）

他对我父亲说：我会用生驼皮钉子给您修理哈纳和栅栏，我会用一截松树干给您雕一个好看的木桶，我会整夜围着您的羊群转给您下夜，我会把您马群里打下的马鬃全搓成耐磨的绳子——请您留下我吧！我父亲就让他睡在门外的棚车里下夜。

（父亲可是额吉我不敢再问了查家族唱的那个有金柱子和三个老婆的人是你父亲吗？）

我说：我偷来盆里的肉再去偷箱子里的黄甜甜的奶皮子，你不用担心挨饿他们饿不着你。他说：姑娘啊，你答应我千万不要去偷那肉！一只煮熟的羊骨架有两个前腿两个后腿，肋杈骨不是劈成六片就是劈成八片。你动了哪怕一块骨头，人们也会看出来的！我说：我不怕，你不能啃一块生了绿霉的奶豆腐就在黑夜里转一夜。那么我去偷甜奶皮子。他说："姑娘啊，我一个瞎眼人还管什么白天和黑夜呢。你答应我千万不要去偷那奶皮子！一锅奶只能剥下薄薄一层甜甜的奶皮子，再富的人家也不会有一顿单吃奶皮子的饭食。你撕下哪怕一个角角，人们也会看出来的！我说：我不怕，我不怕，真的哥哥我的胆子怎么大起来啦？自从那天在太阳满满的绿山坡上你解了我腿上绑的皮条疙瘩，我就什么也不怕啦。当天夜里我偷了一块有三层红白肉的胸骨，又偷了一块有手掌那么大的厚奶皮子，趁着夜黑给他送进了棚车。

（额吉一定在那漆黑的棚车里给过他最温柔的光明额吉你饶恕我的胡思乱想吧额吉一定在那美丽的十八岁的夜里温柔地抚摸了他那双枯干的眼窝。）

不，吐木勒，他根本不会挥着长长的马竿子玩儿马。他一辈子也没有穿过摔跤手那种缝着银钉的“角得格”。他只是个老实人，他只是个心好的人。他一圈接一圈地绕着羊群转；他虽然看不见可是他能准准地贴着卧满羊子的营盘转着走。羊群有了响动他会“哦,哦”地小声吆喝;远处狼来了他就尖着嗓子“嗷嗷——”地吓狼。晚上我赶着羊群骑着马回盘的时候，我看见他直愣愣地立在草原上，他那样子就像一截插在草地上的木头。我知道他是在可怜我。我知道他因为我又是一整天被绑在马上没个歇息心里难受。他睁着一对空空的眼眶子直愣愣地朝着我站着。那时候吐木勒你知道吗，我心里高兴极了，高兴得一个劲儿地想哭。

（可是那羊肉呢那奶皮子呢没有被人发现吗额吉一只羊可是只有一块那样的胸骨啊！）

在《紫红快马》中有一句：“黄羊的硬角若是断了，又有谁能接得上呢？命里的苦难若是来了，又有谁能躲得开呢？”……那块有三层红白肥肉的胸骨杈——第二天就给我父亲发现啦。

（我知道额吉你挨打了。）

瞧，我的吐木勒是个心疼额吉的孩子。别难受，过去四十年的事啦你难受什么。可是我拼命跑到了山背后；你知道我先跑到了山背后才停下来挨了那顿打。我想隔着这座小山坡，他就听不见父亲的吼叫和我的哭声啦。可是奇怪的是我没哭。我一声也没哭，心里还疯癫癫的满是快活。后来，那棍子揍我这两个膝盖的时候，我虽然疼得出了汗但还是没有哭。而且，只过了一天，我又撕了一大块甜奶皮子。

（天呐额吉那样的日子可怎么熬呢？）

我不熬。第二年我就跟上他逃啦。一下子逃得好远。所以，吐木勒，命里的苦难里，有时也有命定的福分呢。手狠的父亲若不是那样打我——

（额吉你们逃到了哪里呢出了乌珠穆沁么？）

阿拉杭盖——外蒙古北面的山里。在那里认识了巴姆、查·太平的阿爷和红鼻头桑结；那两个可怜的死鬼！也是在那里，生了你哥哥丹巴。

［六十三］

等我几个月后回到中国，我放下行装就要去看看阔别的北方大陆。那时我会唱歌、写诗、绘画，那时我要纵情流浪。大步走上裸石嶙峋的山岗，大步走过树影如烟的村庄，大步地沿着北方坚硬而笔直的大路。在那里我会重逢到熟悉的亲切，会听见我喜爱的语言、方言和乡音。那些朴实得令人惊奇的庄稼汉和牧人会指点给我实在的知识，他们铜色的皮肤和渴旱的生涯会沉淀在我的心底。那时大自然会为我如同孔雀张屏一般宽阔地敞开，坚忍又绝美的景色会输血一般给予我强大的自信。

那时你会精疲力尽奄奄一息无人理睬。

我的目的正在那么一天。

我盼着在那一天能够回家。

你呢？他猛地朝着那静悄悄地走来的影子问道，你也是来哺育我的一方风土吗？！但我只是个流浪汉。对了，我想唱歌，我想画画，我想写诗，但我最想的还是流浪。我匆匆忙忙地已经浪迹多年。我奔跑着在中国的北方，在蒙古草原、天山腹地、黄土高原，在那巨大的地图上，在一块块大陆上奔跑着浪迹了多年。它们就是我生身的母土么？它们就是有神性的启示的土地么？

[六十四]

那时候，小巷里就青濛濛地漫起了一派若灰若蓝的炊雾，那时候是小时候，多小呢？已经记不清了。只记得那时候刚刚弄懂了：姥姥是妈妈的妈妈。可是那股青灰青蓝的炊雾，那弥漫在节省着每一滴花生油的人家的灶底的炊雾。却一直在心底轻摇着没有消散。

姥姥烙饼时烧的是锯末。锯末火又柔又低，黑灰边上低燃着一圈蓝蓝的小火苗。姥姥用一根令箭般的铁条铲，翻饼的时候她总是那么神情专注。锯末火冒着那若灰若蓝的炊烟，孩子们跳着喊着："翻饼烙饼——"

那种锯末火上烙出的饼没有一丁点油。咬干硬的边儿的时候挺费牙。姥姥说这么撕着嚼着她烙的饼，孩子的牙齿就变得雪白漂亮。"不信，看你妈——"姥姥认真时就发急。

妈妈是姥姥的孩子。妈妈那时还是个真正的美人。妈妈那时紧闭着她那双垂着黑黑长长的睫毛的眼睛在休息。妈妈一个女人养六口之家，只挣五十来块钱。妈妈长着一口雪白的玉一般的牙齿。可是她累坏了，她在漏雨的屋里蜷着身子躺着。妈妈每天下班回来先要这么蜷起身子躺一会儿。

那锯末火上的蓝火苗柔柔地闪着，想起那火苗来，也就想起了姥姥专注紧张的神色和妈妈紧紧闭着的一双美目。

第一张烙好的薄面饼总是他的。

他用两排白净的小牙齿撕咬着那又韧又硬的饼，细细咀嚼出那饼里含着的一股甜味。他吃着，注视着顺着院墙、顺着小巷弥漫开去的那灰蓝的炊烟。

他那时候不知道这是山东贫民对付缺油少菜的生涯的一种办法。他那时候不知道他根本没留心姥姥烙饼不用油。

但他记住了姥姥那一脸严肃紧急的神情。

他也记住了母亲曾怎样的美丽。

再就是那炊烟。他一直没有忘记那炊烟的又香又呛的浓味儿，还有那又灰又蓝的颜色。

后来姥姥回了山东，在山东去世了。

后来隔了三十年，他也去了山东一次。

在济南府杆石桥头，他曾凝视着桥前鳞次栉比的棚户区。他想回忆一位白发苍苍的老人，可是他忘了。他在那古老辛酸的桥头默默站了好久，但仍旧没能回忆起那老人的脸庞。

他只是记着有一副严肃紧急的神情。他觉得惊诧而不能，他的脑子又在思索一个三岁的问题：姥姥是母亲的妈妈么？

那些低矮的棚户小屋和他隔着一层朦胧的轻雾。有一股味道，有一道若隐若现的灰蓝炊烟从那些棚户中涌出来，把那些紧紧挤着的房屋罩进了一派永恒的安谧。

为什么有那种紧急的神情呢？

妈妈的儿子当中，唯有他活了下来。

他在街上疯跑着，衣衫被风吹得从两臂后面飘起，飘得哗啦啦地响。那时他多大呢？记不清了。他正跑着，看见妈妈下班回来了，妈妈那时身材瘦削，穿着一件洗白的列宁服。

妈妈进了门，累得没有说一句话。妈妈蜷起身子，躺在床上紧闭着眼。

后来他上了小学，迷上了画图画。傍晚当妈妈蜷起身子躺在床上歇息的时候，他起劲加油地把每一块空白的墙全画上壁画。

后来他上了中学，爱上了唱歌，他参加了少年宫合唱队低音部；但是在十三四岁他“变音”的时候把嗓子喊坏了。妈妈叹了口气，没有多说什么。妈妈又紧紧闭上她的长睫毛，疲惫地靠在床上。

他插队离开北京那天，是瞒着妈妈逃走的，因为当时还没有动员学生上山下乡。他离开的那一刹那，他想推开家门迈出那一步的一刹那，他犹豫了一下。他轻轻转过身来——

妈妈还睡着，紧紧地闭着她那双黑睫毛。他忽然发现：妈妈已经不再是那个漂亮得神奇的妈妈。他默默地站了一会儿，看着床上那位满脸皱纹鬓发斑白的女人。最后，他走了。

他走后，妈病了。

几年以后，知识青年们落潮般地返城，他又回来了。

到家时是凌晨。他走进屋子，屋里一片暗黑。他放轻了脚步，家里人还都睡着。

他看见了久别多年的妈妈。

他看见床上睡着一个白发如银、佝偻蜷曲的老妇人。随着呼吸的气流，那苍苍的白发似颤似摇。他的心头受了重重的一击。他一下子回忆起了无数张静静移动的画，无数支哗哗流响的歌，无数首沉重热烈的诗。但是——

他没有说什么。

他注意到，熟睡的母亲神情紧急。

生命在循回中发出了神秘的声响。人生在道路上显出了一种命定的轨迹。母亲已经一步一步地变成了她的妈妈。儿子已经在安身立命的选择中受着血的驱动。

他什么也没有说。第二天，当母亲拖着病重的身体起床，要为儿子做饭的时候，他突然要求道：

妈，我去找点锯末来，给我烙饼吃吧！

若灰若蓝的锯末火燃起来了。烧过的黑黑灰烬四周冒着又蓝又明亮的一圈火苗。在灰烬和蓝火之间，有一股浓郁的、又呛又烈的炊烟涌流出来，轻轻弥漫着，淹没了一切，淹没了儿子的脸庞。

[六十五]

大迁徙在恐怖的雪灾中终于开始了。

一队队勒勒车在沉默中离开了召 · 淖尔的冰天雪地。没有人指挥，没有一声号令。有一天清晨，一个勒勒车队离开了营盘。又有一天中午，几个勒勒车队驶过了这个冰壳子般的黑黑印迹。

为了生存的迁徙，别无他途的迁徙，乌珠穆沁有史以来无人传说过的冬季迁徙——开始了。

大走场，大迁徙啊！

雪灾在蒙语中叫“白灾”。但是，在这个驱赶无数牧民大迁徙的冬天，“白”不够味了。有一个恐怖的新词被创作出来；它像一个无形无状而又无处不在的白色恶魔，在严寒中流行，在雪地上传播，在疯狂的白毛风中叫响。这个词我想只有乌珠穆沁人才懂——

铁灾。“吐木勒 · 召特”——铁灾。

白雪冷酷地露着一丝狞笑，硬了，又硬了，结成了一层坚硬的冰壳。山沟默默地淡化着，浅了，模糊了，终于被大雪完全填平。马儿走不动了，四蹄在那硬硬的雪壳上一陷一陷地捣着黑洞洞的窟窿，最后仰起挂满污浊汗冰的头，悲惨地长嘶一声。远近的井连底冻实，连冻成冰的井水下头的土壤也冻实了五尺。清晨的羊盘结着灰黑的冰溜子，女人们哭着拄着木锨：盘上再也刮不出烧火的羊粪了。

粮食断了。去召 · 淖尔粮站的路上，雪原现在是越不过的白海。原来的山沟掩在雪下，随时准备吞没敢冒险的人和牲畜。

羊开始倒毙。弱牛开始倒毙。弱马开始倒毙。山羊开始甩掉肚里的胎儿。缺盐的牛敢一嘴扯住人的腰带，不顾死活地大嚼那缎布里的盐分。狗的眼睛渐渐发红，渐渐把原来那种凶猛的神色改成了残忍，它们在衰弱的羊群里踱来踱去，嗅着瘫摔在营盘里的羊子的味道。

一只肮脏的脸盆扔在包当中的毡子上，盆里盛着煮熟的瘦羊肉。女人们串亲戚时只记着揣上一小块砖茶，——茶原来在草原上远比粮食重要。不怕断粮怕断茶的北国啊！

平原和宽阔的盆地、山沟里已经看不见金黄色的那种草尖。蒙古包被雪逼着，被稳稳上涨的雪层逼着，渐渐迁上了寒风刺骨的高山之顶。在山顶上，在积不住雪的风硬的山脊线上，苟活着的羊群在争抢一小簇肥些的马莲。从那里用手遮住炫目的银光，试着向远处望去，混沌的白天白地静悄悄的，充斥着死灭的空气。

铁灾！……

在骨髓里、脑汁里、血液里、周身渐渐僵硬的痛苦里冷漠地实行着残酷杀伐的铁灾啊！

傍晚回盘收牧时，有几只羊卧在雪窝里，静静地变得梆硬。

清晨抱鞍备马时，有一头牛犊子和它一夜的屎尿冻成了一堆铁砣。

卑鄙的狼避开儿马，终日跟着一匹掉队的骒马。当儿马在远处刨出一蓬粗大的枯明格尔草埋头大嚼时，狼逼近过来，一面奸笑着一面一口咬住了骒马的肛门。骒马流着泪跪了下来，它没有力气踢起那雷电般的后蹄了。狼撕出了它的直肠，无耻地把头深深地钻了进去。骒马的泪冻成两道冰链，它头一垂，倒下了。

当那七天七夜的白毛风狂吼着，把毡包在它的白色利爪中抓牢以后，连最剽悍的摔跤手也在角落里发抖了。女人解开袍襟，把吓哭的孩子贴在自己赤裸的乳房上，然后瞪着失神的枯眼，把劈碎的车辕木填进火炉里。

铁灾！不肯饶赦我们青春的、乌珠穆沁草原上百年一度的铁灾啊！……

白象的巨牙若是断了

又有谁能接得上呢

命里的苦难若是来了

又有谁能躲得开呢

我们开始逃亡。我懂了：迁徙就是逃亡。

召·淖尔的牧人们也启程了。

东西两个乌珠穆沁的所有人畜毡帐都匆匆启程了，逃向草好雪薄的异乡。

我们阿勒坦·努特格大队，我们这支客居人家草地的流浪牧人，我们这支本来就失去了家乡的苟活者，当然只能继续我们的迁徙。阿勒坦·努特格家乡此时已经不再是一个温暖神妙的向往，而是我们唯一的选择。没有商议，没有草原上那种不知什么时候传染上的争吵不休的会议，阿勒坦·努特格的所有人家都默默地拆散了蒙古包，把俄尼和哈纳在凛冽的寒风中绑牢，在一个白毛风呼啸的早晨，全队一言不发地出发了。

我们家的车队走在全队的最前头。

额吉的银发飘飘。那银发纷乱地打着她那一双严厉的目光。青牛艰难地在她手中的缰绳操纵下甩着重蹄，松木辕车达瓦吱吱地驶过坚硬的雪原。吐木勒，把牛犊子赶进车辙里！她威严地吆喝着我。入冬以来我没有见她笑过一次，在迁徙路上我已经忘了她的笑容。吐木勒！拾起那扇死羊骨头，那是干透了的，晚上浇些煤油烧茶用。我从白马背上一坠身子，捞起那副骨骸。额吉，不嫌车太沉么？我在风啸中喊道，大青牛一直在吐白沫哪。但额吉的回答是狠狠的一鞭。鞭子打在大青牛两只又滑又润的弯角之间，疲软的青牛疼得精神一振。

额吉穿着一件秋皮袍子，身材显得更加瘦削。我知道，我很清楚你心里其实有一分快乐。你虽然眼神严厉但我知道你心里苏生了那快乐。青牛在一块坑洼不平的雪地上泄劲了，愤怒的额吉用鞭子抽着它的耳梢尖。吐木勒，你用白马——不，你下马，给它踩出路来！我跳下马来，在深雪中扑通扑通地用力踏着。两条宽一尺深两尺的沟在我的毡靴子下面出现了。不，额吉，我知道你是那么盼着离开这儿，也许残酷的雪灾成全了你。我闪开路，额吉一声低喝，青牛挣着性命，拖着沉重的达瓦大车冲了过去。四辆牛车，我们家的四辆牛车首尾揪扯着，吱吱碾着雪块，辕边上掠着风哨，从我的白马头前冲过去了。我不禁又瞟了瞟额吉那穿着薄皮袍的瘦削身影。

迁出十天以后，我们家的羊群只剩下四百来只了。在这个夏天还散满一山的一千三百多只的羊群，此刻黄溜溜脏乎乎地挤作一团，默默无声地拥挤着，踏着先被马群踏破、又被车队碾成一条硬路的车辙走着。

我的心沉重极了。我们现在是在不顾一切代价地朝着阿勒坦 · 努特格走。羊群每天都在死亡。狗已经吃腻了死羊肉。每头牛都像是一架蒙着皮毛的巨大骷髅。夜里狼群在不远处围成一圈嚎着，盼着我们的火光熄灭。绿莹莹的狼眼在漆黑中像一个套着我们脖颈的亮圈套。

下午，青牛垮了。

松木大车达瓦和满载的俄尼架压在青牛身上，我扔了马和额吉一道走近它。额吉死命掰着轭木上的绳扣，但是那绳扣冻住了。大青牛安详地瘫卧着,两只琥珀般的大眼偶尔一眨。吐木勒！……掰开啦。两根高辕木翘了起来，额吉蹲下来，轻轻唤着大青牛：“喂,起来。歇过啦,看太阳要下山。起来,喂！你不听我的话么？快，起来——喂！”

但是大青牛安详极了。它眨了一下那两块大琥珀，随即把头在雪堆里靠得更舒服些。

白蒙蒙的天空上辨不出太阳的方位。

额吉站了起来，有些慌乱地望了我一眼。你不要总是觉得我没用，额吉。她蹒跚地走了几步，咯吱咯吱地踩着秋雪。她又摇摇晃晃地走了回来，低垂着眼皮没有看我。你说吧，你要我做什么？她的银发在风中抽打着她的脸颊，“丹巴——”她不喊我。

她和丹巴把我们那头红斑点的黑紫皮犍牛套进松木车。吱的一声，车轮转动了一下，倒卧的青牛被留在了原来的车位上。额吉走过来，抓过我的马，把白马笼头系在辕木头的插榫上，“吐木勒,上马！——”她厉声喊我。我纵身上了马。“吐木勒,打马——跑！”她的声音紧急而严厉。白马在我的胯下猛地一挣，车被拽出了深雪。我一眼瞥见那头静静卧着的青牛，“额吉，……”我的声音在尖厉的风中颤着。“吐木勒！不能停！让车轮一直转——快！打马呀吐木勒！——”我噙着眼泪，疯狂地踢着白马的两腹。强健的马儿暴怒地凿着四蹄，把我身下的硬雪踢成了一片飞溅的白雨。紫黑凶恶的犍牛瞪凸出了两只鼓眼，吭吭地喘着随上了白马的步点。额吉，难道我们真把青牛扔在雪里冻死么。我们的车队在这片深雪的陷阱里挣扎出来了，车队蜿蜒着爬向前方的山顶。

额吉严厉的目光像我的命运。我气急败坏地驱马冲突着，一直没能再回头望望那头青牛，甚至没能顾上抹掉已经冻在眼眶上的泪水。

当天夜里，丹巴剥回了青牛的皮。

过了半个月，在一个路过的抗灾售粮点那里，我们用那张青牛皮换来的钱买足了茶砖、粮食，还给我的大白马买了一块二十五公斤重的豆饼。

[六十六]

世界在我眼前疯狂地旋转起来了。

红的、绿的、花的、黑的在急速旋转，一个人的眼睛不可能分辨那闪电般的色彩了。大海已经到了越南战场，不知道他是加入了我们的高射炮部队还是加入了越南解放军，也不知他是牺牲了还是活着。志伟他们一伙又去了新疆；听说他正在那里指挥武斗，每天睡在炸药和手榴弹堆里。大标语说 ××× 是杀人凶手；第二天糊上的大标语却说 ××× 是革命战士。小报传单上的消息充满了血腥和恐怖。街上的行人精神抖擞目光炯炯。我们开始逍遥。有一天小丫到我们学校来找我，她裹着一件黄呢子，兜里故意露出一本“日语”。你怎么，学外语哪？操他妈，我爸爸昨天让卫戍区给抓走啦，你能招伙子人，帮我上卫戍区闹闹吗？学校里今天死了第二个人——从三十多米的烟筒顶跳下来了。他摔成了一摊泥。有人说从他宿舍里抄出一份蒋介石题字的变天账。有人说他 × × 一个初三的女生被人看见了。我在人群里挤着撞着，我转着圈，转着三百六十度的圈往前走，我觉得头晕。戚本禹昨天跑到我们学校来讲话，说我们是小保皇党。小毛连夜糊了他一张，题目是《戚本禹，像你这样的人十个有十个要失败》。糊完小毛就溜出了北京。小毛，今天你在哪里？你一个黄毛丫头不要大意。街上有一条黑压压的长龙在游行，高喊着革命口号。十二校红卫兵把清华二校门给拉翻了，用卡车拉翻的。拉翻的二校门上打了一个大叉子，写着："打倒庚子赔款！打倒八国联军！"我想离开北京，可是听说石家庄出了"狂人"，铁道不通了。

天旋地转了。世界在滚动，滚动，像一个转着的足球。我有时非常激动，我拼命地睁大了眼睛。但是我也旋转起来，随着那个滚动。

学校里终于爆发了一场武斗。

夜里，他们把我们几个初中同学的宿舍砸了个稀巴烂。成桶的墨汁倒在棉被上，墙壁上涂满了不堪入目的标语，玻璃被全部打碎并捣成碎渣，一辆自行车被铅球哑铃砸成了扭歪的烂铁。其中有一个是女生宿舍，那女生宿舍倒是只被捣碎了门窗。

我们怎样开始报复的，我已经忘了。

查出了夜间行凶的人以后，我们派女生或者逍遥派把他们叫出来。在操场上我们开始愤怒地开打。这场报复太公开、太坚决、太凶猛了。我在疯迷中看到他们那一派的人没有敢加入。女生们在大声宣讲：冤有头，债有主……我们那面被他们用墨汁画了叉、用尿糟辱过的红旗摆在主楼门前，向全校宣布着报复的根据。同时，凶狠的暴打、我有生以来第一次体会到的以牙还牙像狂飙一样向疯魔发展。

拳头、自行车链条、木棒像雨点。击打肉体的钝硬震着手掌。血溅起来了。心里的恐惧像鱼跃出水面又潜入水底。尖叫和愤怒在发泄着皮肤以内的一切一切。绝对不容侵犯的极限模糊成单纯至极的猛力。尖叫声出现了恐怖的闪闪亮光。心在碰上那闪光时痉挛过一瞬。猛击出去的刹那在批判着自己的软弱。受伤的一瞬意识到了一丁点结局的恐怖。报复同时是消灭自己的软弱和恐惧。人在搏斗中突然变了一个。哪怕恶也罢。哪怕恶、凶恶、残忍的恶、畜生的恶——手慢和心软的一个瞬忽之间对手的恶、强大的恶、疯野嗜血的恶就劈头打来。只有打只有进攻只有消灭心里的柔软只有重而短促地爆发出力量只有凶狠凶猛凶恶——原来我身上有如此凶恶的东西一直藏着。这恶也是我的一个本质么？在如此神圣保卫心灵的搏战中难道在最终——最终是以残忍和凶恶解决一切的么？哦，原来的那个我是多么幼稚多么软弱多么可笑啊。而现在的我是已经坚强已经成熟已经合理了么？然而只有打，混战已经扩大。他们喊来了援兵。那些人忽地扑到了我眼前。我一头撞在一个人胸上，他一把搡开了我。我举起自行车链条时我认出了他是我小学时的同班同学，但是我狠狠地把那链条劈下去了。我的心里一震。我们的队伍和他们的队伍混成一团。他们狂喊着，我听见他们喊道要血洗了我们要活剥了我们。我愈来愈亢奋手抡得链条像风轮。现在只有一个煮沸的海，拼杀的海。我抖擞精神冲突着。现在为了活也要冲突。

[六十七]

当你从麻牙寺的板壁那里走开，从那熏成烟铜色的木梯那儿回过头来，突然看见你自己亲手写下的标语，看见你亲手写下的那一排“红军是穷人的队伍”的时候，你想到过什么？当你一脚踏空、摔倒在白龙江右岸峭壁上的栈道中间的时候，当你看见你手里的那支墨汁干硬的秃毛笔向下落去，当你看着那毛笔无声无息地朝着下面的深涧和绿浪坠落时，你想到过什么？

你想到过革命吗？

你想到过我们学校的武斗吗？你想到过外地想到过你的家乡四川的武斗吗？你想到过东方红牌拖拉机焊上装甲板变成了坦克，冲锋的坦克冲上通了高压电的铁防御带时突然烧得通红吗？

你想到过帮着你提着墨汁桶、个子还没有一条马枪高、淌着鼻涕笑的那个红小鬼住进了豪华的二层小楼而楼外围着青砖高墙再外面是碎砖头抹泥砌成的鳞次栉比的城关贫民区吗？

你想到我们又戴上你们的八角帽，在严冬十二月里，朝着腊子口在进行我们的长征了吗？

当你的头颅歪倒在那一汪浓稠的血泊里，当你眼前闪乱的那五彩的火星熄灭在一片漆黑里的那一瞬，你是幸福呢还是痛苦呢？你是坚持相信革命会胜利呢还是以为革命也牺牲了呢？

我觉得你真美，你像英雄一样美。

而你在长征在腊子两侧青山一道白水的栈道上时，你知道有个十七岁的年轻学生这样缅怀过你么？

我想念你。我用我年轻的真情向你默默致敬。我也许太年轻。我不但不懂得世界不懂得历史不懂得人生，而且我根本不懂得什么叫作革命。我懂得的革命只有你，我懂得的革命就是你。

立正时，向右看齐动作要记清
排头的报数，数数数呀
一二三四五
在家中，受人压迫才来当红军
为我们穷人，谋解放呀
一齐闹革命

您呢，黑络腮胡子大叔，您在听着吗？

您住在洮河灌养的那片黄黄黑黑的荒山里。您住在一间四壁穿风门板破裂的空茅屋里。您粗嶙嶙的两只大手上粘着泥巴和油漆斑点，您的那套漆工家具和几个黑豆面的干馍馍堆在一个角落里。

您愿意对人们说——“我是红军”吗？

您呆若木鸡地瞪着我们听着我们唱。您那黑络腮胡子上粘着血一样的红漆。后来您听到我们一支接一支地唱红军歌时您好像糊涂了。再后来听到那支《亲爱的工农同志们呀》的时候您突然颤抖着蹲下了。您用粗硬的嗓子呜呜地哭着的时候我的心像被撕裂了。

您诅咒革命吗？您诅咒革命的无常与无情吗？

您在看到我们穿上蓝布条打成的草鞋，端正了头上的八角帽的时候；您在看见我们帽里上印着的“志勇坚定，排难创新，团结奋斗，不胜不休”四行红字的时候，您也打上了一副硬裹腿。当您和我们几个孩子走上洮河岸旁那又硬又直的冬天道路的时候——

您知道柳条帽和钢管锯成的长矛您知道我一旦与您分手就被投入了监狱知道武斗的人们在挤成一团时那咯咯的牙咬和血红的眼神吗？

您在血战中挨了一梭子机枪。那一串机枪弹把您打成了个血葫芦。漆黑的夜里您醒来了。您拖着血身子挨家敲门央求人家给口水。您在那些恐惧的眼光中看着木板门哐的一声在您眼前关上。您在漆黑的夜里爬着，最后被一个老漆匠收留下来。

你想到你其实是一位流落的将军了么？

今天你若是将军你还会送我们六十里么？还会听见那些红军

歌就蹲在地上呜呜哭起来么？

请你告诉我。

因为，你和我还活着。

［六十八］

我们离开了哈夏特公社以后不久，就从北部一条雪薄些的山沟里，越过了旗所在地的镇子。为着怕惹新的麻烦，为着不被旗里的官老爷们阻挡住去阿勒坦 · 努特格的道路，车队没有靠近那个城镇。但我和小遐俩还是去了城里，在那儿逛荡了一天。

二月底，我家车队通过了查干庙废墟。

车队通过了查干庙的洼雪地以后，登上了通往阿勒坦 · 努特格的道路上最陡的一段上坡山道。在那道松木车得到了名子的陡峭雪坡上，小遐的残脚又冻伤了。迁徙中最严酷的日子来临了。三月初，我家羊群只剩下了二百零五只。

小遐，你哭什么呢？你不是不知道我最恨的就是哭。真的，别哭啦，来，踩住这镫子然后使劲——我的白马亚干是匹白色的老虎，它驮上咱们俩也不怕。快些上马，天要黑啦，再晚了在这雪地里咱们找不着家。

只有赶快到阿勒坦 · 努特格去，吐木勒。你那姑娘没有别的办法，她好像遇上了当年那个来到额吉腿上的鬼。唉，神呐，您就放开条路，让这些离乡的孩子走到阿勒坦 · 努特格去吧……

可是额吉，小遐只是冻伤。上次我陪她去了旗里的医院，她那是二度冻伤。不是瘫痪。你懂什么，吐木勒。活鲜鲜的羊腿腱浇上火辣辣的酒，可是没能治好她那一块腿骨头。你懂得为什么吗？因为地方不对。我们那时候是在有罪的召 · 淖尔而不是在佛爷指点的阿勒坦 · 努特格。召 · 淖尔夏季里的泥潭洼地是有名的，瞧瞧今年冬天又降下了铁一样残狠的雪灾。你知道——我知道额吉瘫着跪着一共十五年零一春。额吉，那天咱们车队过那片洼地时，我看见了那片烧黑了的查干庙。可是额吉，小遐她可怎么办呢，额吉我为个姑娘着急你别笑话我。在额吉跟前你害什么羞呀，你看见过羊羔子牛犊子，喏，还有你的白马亚干在额吉跟前害过羞？你没忘掉么小吐木勒？丹巴他父亲——我那可怜的瞎子；他那时候在阿拉杭盖，就和声和气地给我揉过腿。他死了我才从外蒙古搬到查干庙。一共四年时光啊，他待我和气得就像绵羊待羊羔子。

额吉，丹巴哥哥的父亲死时，你多大了？

好像是……二十二岁。怎么，吐木勒？

小遐今年二十二岁。

可是你不是活得像匹儿马么，你又不像那苦命的瞎子。你在想什么？

额吉，小遐她……上次在旗里，人家说，如果她愿意，可以去文工团当跳舞的老师。当然她没答应。可是昨天她说，她走不动了，她对我说，你是鹰你就飞吧——

小吐木勒，你听着：咱们家在召 · 淖尔烧了一扇哈纳，现在这个四块哈纳墙的破包太小了。可是咱们家的棚车是新的，我是说，棚车上的毡棚是去年的新毡。你还不懂？唉——你再听着：丹巴的父亲在阿拉杭盖死了，他命多苦，也是在个白灾的冬天里死的。结果呢，紧接着春天我的腿就软了下来。还在他死以前，我的腿就不行啦；可是等他一死这腿就再也没了指望。它一天天软塌，一天天抽细，变了颜色，泄了油水，一个春天没过完我就变成了瘫子。——还不懂？唉小吐木勒今天怎么像块木头！……你和她的事，有神在天上看着呢！若是你像个鹰一般飞走了，额吉我懂啦，您迷信。您是担心她也变成瘫子，您觉得她这脚和以前您的腿是一回事——是一个命啊小吐木勒！完完全全一样的命又要降到你那姑娘身上了。可是，你再听着：额吉瘫了十五年零那个春天。后来，那是闹合作社那一年，我们阿勒坦 · 努特格的金草地里搬来了一个闪着金光芒的毡包。我知道，额吉，那是一个医生，一个银白头发的老奶奶住在那顶包里行医治病。银发奶奶用活鲜鲜的羊腿腱和热辣辣的烈性酒，治好了您的瘫腿。还不信吗？还不相信吗小吐木勒？你那姑娘的病，第一是不能离了你。离了，她就要遭大难。第二是要到阿勒坦 · 努特格去治，只有阿勒坦 · 努特格能治好她的残脚。小吐木勒，额吉在蒙古草原上迁呀迁呀奔波了一辈子，额吉盼你记住一句话：阿勒坦 · 努特格，那是神的家乡啊！

可是额吉，她走不动，她上不了马，她不能放羊不能干活，她要跟不上的。

——所以我才跟你说到咱们家的棚车。孩子，在阿拉杭盖的松树林子里，我和丹巴的父亲置下了这辆松木打的车。后来只要搬家上路，我俩就挤在松木车里住。那时候我们也有一顶好毡棚，我知道住在棚车里有多舒服。今天晚上你骑上马，去队长索米亚家把她接来。今天雪地上没有风，夜里虽然冷些可是一定晴朗。你接她来吧，带上她所有的东西。以后你们就睡在咱们的棚车里。如果起了风我再喊丹巴他们去睡棚车。棚车里多清爽啊，可以看见天上的银月亮。你把她接过来吧！我把那座白毡棚安在松木车达瓦的宽辕上，以后那漂亮的棚车就是我的小吐木勒的家！……去吧孩子,把你的姑娘接到家里来。等到了——阿勒坦 · 努特格，额吉要在那块金草地上，给你们置一座新包！

……

我听呆了，我也听迷了。

你真的存在吗？金色草原上的神！

[六十九]

其实一切选择都不是人为的。

他们喜欢说命运，喜欢唠叨命好命坏或者说神秘

血和性。

而我只讲“类”的观点

羊群中有五只成年母羊有羯羊二岁羔和当年新羔山羊是混在

其间的。我的羊群在最多的时候有一千三百多只新疆的一个哈萨克巴郎子不相信这一点。

然而我一说起黑马他就微笑了

我再讲到那头黑山羊他的手颤抖了

你懂了吗，这就是类。

我有二十件衣服我有汉藏蒙哈回五种不同的装束我有判若两人的两种形象

可是你锐利的眼睛刺透了我我没有办法

你是同类。

往前走是什么，是友谊吗？

往前走是什么，是爱情吗？

向后退会怎样，会仇恨么？

向后退会怎样，会流血么？

我因你而活着因你我有了光彩。

我为你而奋斗。

他在自己孤寂的小屋里昏迷着。时间静静地消逝着，几个小时在燥热中过去了。

他昏迷着，思想沉沉地淹入了迟钝。但他在昏迷中有一丝意识仍在醒着：他知道房间里那灯并没有熄掉。那朦胧中顽强地亮着的灯像是茫茫夜海中的一个信号，严峻地提醒着他，使他的意识没有完全湮灭。

[七十]

在天山腹地里，尽管也能看见一片片的铁色戈壁，但是却不会有这样的灰黄相间、亦沙亦石的硬化沙漠。有谁说过这样的话，那人说得很对：在这种中亚细亚的赤裸荒漠中，一切都没有了，只有两件东西占据着一切包括人心里残存的最后一线意识。那就是热，那就是路。酷热和道路主宰了一切，主宰了时间和空间，包括人心里的时间和空间。

为了寻求一种连鬼也不知道的——中药，值得面对这样可怕的、旱灼得要把一切生物都烤死吃掉的、吐鲁番低地上的荒漠吗？

何况不用说一匹马，连一头毛驴子也没有地方去找！……

可是我居然就进来了。我和我的向导里铁甫已经在这片杀人无声的火狱里走了七天了。

一连七天的可怕灼烤啊……

中药的名字叫“克铁砂”，中亚史上大名鼎鼎的西域贡物中一直有这个神秘的名字。老师说，只要你在吐鲁番能找到克铁砂土，就算大功告成。因为国际上有些学者认为吐鲁番没有这玩艺儿。于是我就走进了这片烙人的毒烫阳光，于是我就孑然一身地走进了这片不毛之地和裸山秃漠。

他和里铁甫默默地走着。胶鞋底在咯咯吱吱地单调地响，他的脚掌渐渐感到了烙灼的疼痛。默默地走，他想，这样默默地走还不只是为了节省唾液和挽救嗓子，他侧目望望这个深目高鼻的英俊的维族汉子。我们一块在这戈壁硬沙上走了好几天，我们一直默默地并着肩走在火烫的阳光里，因为我们互相之间语言不通。我此生已经没有时间再来学习维族语了。维吾尔音乐般散漫轻盈的语言已经和我无缘了。我们难以交流，但是我们默默地在这滚烫的戈壁沙漠上一块走。

他在吐鲁番北线的凶险的红色和银红的山里走着。山体间没有一块沃土或冲积扇，铺满山体之间的，是一片片宽阔而冷酷的黑戈壁。

他渐渐地忘了自己考察的目的。

我是来这里干什么的呢，他有时茫然地这样想过一想。但他马上就忘了自己的疑问。那发狂的凶恶的烈日已经烤干了脑汁，它使人只记住两点：一是灼热，一是道路。

在硬铁壳一般的干烤的戈壁滩上，有一条浅浅的、微微发白的路，像条白色的痕。

他和里铁甫喘着粗气，沿着那条白色的痕迹大步走着。天空中逼人地悬着一只白炽熔化的火球。远方一片蜃气和干旱中腾起的尘雾中，模糊不清地排着一线冒着烟的山影。

他无所谓地走着。毒阳的烙烫已经烧毁了他脸上、手上和脖颈上的皮肤。汗水凝成的咸碱腌得皮肤隐隐作痛。可是我心里很舒服，他想。不知为什么，肉体的伤痛反而使心灵熨帖。走哟，他大大咧咧地瞟着前方，那山影正笼罩在一派黄烟之中。走哟，不是从小就念叨么：好男儿志在四方，男儿当马革裹尸还。那就跟紧你的里铁甫朋友，走吧！

在天山南北，我已经走了那么多地方。吐鲁番也已经逛了几趟。可是我还没有——我还应该像今天这样，顶着水银般的阳光，踩着烤酥了的砾石，默不作声地走一走。

里铁甫晃着肩膀，不说话也不大喘，忧郁地左瞟瞟右看看地走着。

他扯开了胸怀。蜇人的阳光猛地烫了胸口一下。他舐了舐干裂的嘴唇，没有理睬自己的胸脯。那道山渐渐地近了。

那荒山真的冒着滚滚的黄烟。

他有些奇怪。可是他没有思索。他的脑汁已经僵了，他只记着这热和这路。

那道赤裸不毛的山上，处处冒着呛人的黄烟。有一个山褶缝里，黄烟滚滚地遮着一簇黄亮亮的火苗。他们两人默默走着，走着，渐渐地被弥漫的黄烟雾包围了。

到了宿营地。这是个小矿村。

他在地摊和棚户之间走着。村头对面的山沟里，一股浓得成了黄褐色的烟尘里，沿着山沟走势有一道熊熊的火焰在蹿跳。这山起火了吗？是那轮残酷的烈日点燃了地下的烈火吗？

他漫不经心地随着里铁甫走过热闹的地摊。他接连几次看见有的中药摊子上插着“克铁砂”的牌牌，但他视而不见。后来有个胡子老汉朝他喊“真正的东面山沟里的克铁砂呀！真正顶着火苗子钻到黄烟里刮下来的克铁砂呀”的时候，他也只是怔了一下。

他只是看见了那冒着火焰的山脉。在弥漫在小矿村的阵阵黄烟中，他牢牢地盯着那条在褶沟里释放出火焰的苍凉而雄浑的山脉。

火焰山，他默默地朝那山脉呼喊着。

[七十一]

有时，人心中会浮想出一个幻象。好像那是经历过的真事，好像那时曾有过一种痛快淋漓的自由。可是睁大眼睛自己却还停在旧地，那自由的幻象好像已经转瞬驰去了。

带着驰骤般激动的一阵心跳。

好像有过那么一匹白得纯洁、白得心醉的银鬃大马。好像有过一片大得无边、辽阔得完全忘了世界的银妆素饰的雪原。原来，自由是白色的；在白马鞍上纵情驰意地在白色雪原上游逛着，人会觉得白色是不能解释的。白色的崇高的极致，是永恒的秘密。白色是不可洞彻无法探究的颜色。在那样像母亲胸脯一样起伏的洁白世界里，儿子心中升起过真正的自由。当然白鬃马是坚实的依靠；由于它，由于这匹能让寂静中生风，能使地平线迎面扑来的神骥，那不曾敢想的自由猝然而至，在生活的那一瞬成了现实。

恣意地纵着白骏马，让马儿果决地踏破光滑滑白茫茫的积雪，原来是件如此快乐的事！靴尖轻轻磕动马腹。马儿浑身掠过一阵痉挛。尖尖双耳间的银鬃毛抖擞着闪射着太阳和白雪的光芒。接着雪的浪花和雪的迷雾从前后两侧溅扬而起。那“自由”载着人突然如电如箭，飞翔着射向迎面世界的尽头，射向彼岸和地平线之外。

自由的驰骋！……有谁能相信，那白马白雪的一次驰骋，有时就改变了一个人的身心呢？地平线一字排开汹涌而来。那银光炫目的地平线很快就不再是终极之地了——越过去！越过去！银鬃马保证着一切，人心猛地腾起野望。越过去就是彼岸！万里雪原平平铺开，雪原在微笑雪原在鼓励雪原在伸延。越过去就是自由！地平线缓缓迎来，地平线在那神秘的波浪上强烈地撩动着人心。骑手终于快乐得大笑起来，这多宝贵，这多神奇，这是自由驰骋的千金一刻啊！……

他登上了地平线。

原来地平线也是一道蜿蜒不断的山梁。

还走么？骑手问自己。骑手在登上山梁的同时还原成了一个人；千金一刻已经逝去了。

而前方又是白皑皑银光闪烁的万里雪原。

最前方又出现了终极之地，出现了地平线。

我要说，真正涌淌着牧人血液的骑手只有在此时才显露真相。

人血永远是隐藏的。人的血液在显露它的冲决一切的摧毁般的力量时，其实别人并不能觉察。——而此时，有牧人血液的骑手突然心中一动。

他不假思索地纵马飞驰，直对着那新鲜的银闪闪的地平线。他不知道；在他冲下那道山梁时他变了，他变成了一名自由的勇士。

自由，自由，自由，他看见这整个茫茫的银世界上都印着自由的蹄印。他觉得自己的心里也满盛着这高贵的自由。他纵声大笑，他飞驰如急急的闪电。那新鲜的地平线于他已经不再遥远；那银色的地平线后面哪怕再有一道地平线，于他也已经无关紧要。他是自由的儿子，白鬃骏马是他自由的神翼。此刻他只要奔驰。

白色的骏马腾空而起。真实碎裂着消失。宇宙间只充斥着一个幻象。那匹白骏马远了，最后溶化进那个纯洁的幻象里。

人醒了。此刻，醒来的他的心里，永远飞驰着一匹白马。

[七十二]

突破腊子口以后，小队在归途上选择了岷山道。仍然能处处遇见红军流落人员，我们已经惯了，每到一地就先闯到民政科乱打听。这种红军在今天归民政科管；军队不管他们，党委不管他们，革命博物馆也不管他们。

地势变得渐渐开阔起来，仰起头来，天空变得宽大舒展，颜色也不再那么蓝。山峦树影随着步子一摇一摇，村落小镇迎上来又退向了身后。

原来草地有两个呀，小毛嚷道。

那么，大草地在哪儿？小草地又在哪儿？

没准《星火燎原》上画错啦。

不至于吧。

可是咱们遇上的红军都说有两个草地。

真怪。

大草地，小草地——咦！

怎么？

你记得那首歌么，《红军南下行》。

“红军南下行哟，拉索咪索要打成都城呀。”当然记得。

明白啦！他们又回去啦——又进了草地！

回头路？！

刚走出来，又进去了！准是这么回事！小毛使劲尖叫起来。她这么一尖叫，我也猛地恍然大悟了：是啊，草地就有一个。走了两遍。头一遍十几天，再一遍整整四十天……出了水草地又进水草地，冲出了绝境还要再进入绝境。

小毛惊讶地瞪着我。

咱们回了北京，应该学习一下党史。

为什么呢？小毛钻牛角尖地问我。

我当不了党史专家。真的，为什么呢？走向一个已知的熟悉的恐怖绝境。我们突破了天险腊子口，可是我们没有敢在冬季再去闯草地。我们小队至今嫉妒那伙趁“七八九，正好走”穿过了草地的四川学生。可是革命却走进去了，沿途抛下了大群流落的红军。他们因为曾是红军在旧社会苦熬了三十年，他们因为曾经流落在新社会继续在底层苦熬。为什么呢？民政科谈起他们时，口气活像警察。

大海不在这里。我想和大海谈谈，大海最喜欢神吹革命史啦。

［七十三］

我们在岷山道上走着。景色渐渐变得肃杀荒凉，腊子的青翠不见了。

还有烈士。黑络腮胡子说，那一仗打下来，漫山遍野都是我们人的尸首。人人都衣着褴褛，死去后脸色铁青，像是饿得撑不住才倒下的一样。黑络腮胡子说，他在死人堆里爬着，后来不知什么时候枪不见了。他说那时候他只觉得渴和冷，他只想寻一口热水喝。

那么大叔，群众呢？群众就不掩护你么？

群众个屌哟，门也不给开一开！

大叔——

没把老子捆上送官，老子要谢他先人哟。

不——

人么，都是个坏东西么。人心里头两件事嘛，一个是怕，一个是恶。好人么？好人恶命！记住那白狗子家住城墙根第三家。我和那恶种有血仇哟，他把老子骑了三十年！我没得势力。若给老子一分势力老子杀他白狗的全家！……

那老漆匠呢？

他天生是好人——他是个念经人。又是光杆杆一条。他盼个儿哟，不然没得人送终！……

岷县已经远了。黄黄的土山梁开始朝两翼扯开，山影退远了，大西北冬日的静默中凝着一派寒冷，道路在原野画出一个巨大的弯曲。

曲折，我费劲地想。曲折背后好像有一个巨大得不能扭转的力量。它扳转了方向，于是千军万马就轰隆隆地改变了方向。由于它执意要制造这个曲折，红军流落了，老漆匠找到了送终的儿子，黑络腮胡子烧了军服背上了漆桶，我们在三十年之后知道了这一切，而且——

而且，烈士湮灭了姓名。

我加快了步子。长征快要结束了。

[七十四]

勒勒车队在雪原上默默地行驶，挣扎在这个铁灾里，每一家的车队都憔悴了。

黄羊的硬角若是断了

又有谁能接得上呢

我们家还剩下三辆车：松木车达瓦、燃料杭盖，还有押尾的棚车。白毡棚车里仍然坐着南斯拉嫂子和两个小孩，棚子没有移到松木车辕上去。额吉没有再说起在松木车架毡棚的事，小遐已经脱离了大队走了。

额吉变得少言寡语。

我们的车队哧哧碾着硬雪，朝已经看得见的阿勒坦 · 努特格东界的架子山驶去。额吉一句话也不说，只是不时抡起鞭子重重地打牛，死寂的原野上响着她短促愤怒的吼声。

我骑着白马亚干默默随着车队。羊群已经死得只剩下一百来只。不用放牧了，只消把几只羊赶上车辙，六个车轮扇和十几条牛腿破开的雪里，就有够它们嚼的枯草。

额吉沉默了。

一连几天，我们在沉默中赶着路。

我忍耐着。但是我实在忍受不了这沉默，我的心里蔓延开一片毒火，我觉得自己在这笼罩着死灭气氛的沉默中快要疯了。

额吉她为什么突然沉默了呢？

何况，阿勒坦 · 努特格已经近了！不管怎么样，咱们已经在铁灾里迁徙了几百里。不管怎么样，丹巴哥说昨天他和马倌乔里玛已经把星 · 忽伦儿马群赶上了那座架子山。不管怎样，额吉，阿勒坦 · 努特格已经近啦，咱们的车轮子正吱吱地划破雪壳子一尺一尺地朝它转过去。你为什么不说话呢？整整一辈子你不是一直盼着望着阿勒坦 · 努特格吗？差不多四年的光阴里，咱们不是一直忍着走着向阿勒坦 · 努特格迁徙吗？我忍无可忍地猛扯偏缰，白马亚干忽地踢起一阵雪雾，站立着打了一个旋子：

额吉！阿勒坦 · 努特格近啦！

嗯。

额吉！丹巴哥说咱们的马群已经上了那座架子山。星 · 忽伦正在架子山！

知道了。

额吉你是在一九四五年你二十四岁那年离开冒着大火的查干庙到了阿勒坦 · 努特格吗那一年丹巴哥哥只有五岁对吗？

别扯着嚼子转，亚干的嘴角烂了。

额吉那你就带着丹巴哥住在那里你瘫着整日垫块牛犊子皮在草地上爬就那样一直住到公社化那年一直等到银发老奶奶搬到了阿勒坦 · 努特格对吗？

吐木勒，看着你的羊群！

额吉后来走场了一走十年可是在你本命年的夏天里也就是你四十九岁其实按我的算法你实足年龄是四十八岁我来到了草原额吉你真的认为在本命年里在异乡接来我这么个北京小伙子是件吉祥事吗？

那只羊羔子走不动了。

额吉——

吐木勒！去把羊羔抱给你嫂子！

她粗暴地打断了我。勒勒车的吱扭声重新清晰地响起来。真要命呐，我实在忍受不了这单调的吱扭声。我纵马冲向后边俯身捞起了那只濒死的羊羔子，又冲回来扬手把它抛给了南斯拉嫂子。嫂子还在漫声唱着那支逼命的愁歌。她一扬一喊的顿挫调子合着勒勒车的吱吱压雪声，忽然使我觉得：原来她在押尾的棚车上正在唱着解释生活。

命里的苦难若是来了

又有谁能躲得开呢

额吉，前边有一连三个青盘。（但是额吉那时你才二十四岁，那时的你既然和小遐的年龄差不多你也像她那么漂亮么？不我想象的二十四岁的额吉一定更美不仅是脸蛋身条额吉你说那句“大哥，你饿得多可怜呐”的时刻你该多美啊！）

嗯，就住在靠南的那个盘上。

要我先过去铲铲盘么，额吉？

不，叫丹巴去。

额吉，那只羔子看是不行啦。

剥了皮，扔掉。

现在？

等它自己咽了气吧。

（蒙古人讲究本命年。你是在二十四那个本命年里到了阿勒坦·努特格。你在三十六那个本命年里听说了银发老奶奶的消息，第二年被她治好了腿。四十八那个本命年里，当然额吉，按你们的数法那一年你四十九岁，你把我接进了这个蒙古包。今年白月你五十二岁啦，你六十的大本命年会是怎样呢？）

越男赶着一辆车超过了我们。这臭娘们，我心里骂道，她是想抢靠南边那个向阳的青盘。你败得只剩下一辆车的家还要什么好盘住！牛车后面连着一辆马拉雪橇；仗着马倌家里有马使唤。她从棚车缝里偷偷观察我们，我装作没看见她。其实我从那毡子缝早看见了，她那双眼瞪得又凶又贼，像个巫婆。

额吉冷冷地赶着车。

暮色渐渐涂上了雪原。跋涉了一天的车队都拼出了最后的气力，朝着选定的不冻青盘冲去。涂上一层淡红的白雪大地上，无数条黑虫般的勒勒车队在缓缓向前挣扎。

拉紧那根大棕绳！

额吉，绳子冻住啦，硬拉不会断么？

不怕，拉！

嘿——好啦。现在我去抱顶毡。

吐木勒，毡子若是冻在车上了，你要轻些扯，小心别撕破了毡子。

知道了。

快点火，快些南斯拉！

熊熊的牛粪火烧起来了。卷着灰烟的气浪在三角小包里排挤着冷风。桔黄欢跳的火苗舐上了锅底。额吉的事情忙完了。她一边跪坐下来，一边长长地吁了口气。额吉伸出两只冻得青黑的枯手，把手直接插进火焰里燎烤着。她好像觉察到了一般抬起头来，她在和我的目光相碰的一刹那微微笑了一下。

累了吗？小吐木勒？

角合斯怪！我回答。我讨厌蒙语中“累”这个词，这个词不如译成“趴蛋”。而“角合斯怪”，是全草原对我的白鬃大马亚干的评价。它应当译成“至死不停”，尽管我说着这个词时心里多少打了一个战。

睡吧，明天又是一天。

一直搬么？

不，绕到戈壁去吃几天硝。

然后呢，一直——

不，要找块软雪歇几天，也许乌利里斯那里能有块软雪地。要喘气，不然羊会死光。

那咱们什么时候才能走到阿勒坦 · 努特格呢？已经看见了架子山。

春天，孩子。

春天？

是啊，春天咱们在阿勒坦 · 努特格接羔。睡吧，小吐木勒。明天赶羊时愈慢愈好。带羔的母羊肚子重，不要轰得它们颠着跑。

额吉。

嗯？

给我掖掖皮被子。

嗯。

额吉跪着忙碌，使劲用一条皮被子又把我裹了一层。我随着她的一声“嗯？”又随着她的一声“扎”蹬直包严实的脚。她脱下薄皮袍子掖住我的两肩，我舒服地在这皮筒洞里放松了肉体。她的银白乱发在獭油灯影里晃闪着，我凝视着那缭乱的银影，闻见了一股热热的气息。你就这样迁徙了一生。你就这样在整个蒙古草原上颠簸了一生。小遐如今正当你第二个本命年的岁数，她在这一年和我分离啦。而你在新二十四岁已经让生活轮回了一转，额吉，你在二十四岁时不仅已经失去了男人还失去了家。我也进二十四岁啦，我是在和当年的你同岁时走向同一个阿勒坦 · 努特格。这是什么意思呢？人生和草原上的事难道就是这样轮转巡回么？二十四岁的你，啊额吉一想到那个年轻的你我就总感到我并没有遇见我真正的女人。我从今天的你的坚韧瘦削的身架感到了你当年苗条中的勇敢；我从你今天白发遮蔽的浑浊眼睛中感到了你当年姣好中的真挚。额吉你虽然默默不语但我知道你都看见啦：你看见了戈切的叛逃徐莎莎的出路小遐的选择越男的人生还有达不苏李小葵的潦倒。你缄默了你不再用那种急切切的语调和我谈心。你现在的沉默使我知道了你的决心已经如铁如石。我也去，额吉，我也一定要走到神秘的阿勒坦 · 努特格，额吉。我虽不是你亲生的儿子甚至不能真的算是被你抱养，你虽然没有传给我你的血但是我继承了你的魂。

四月之初，“哈仑杭修”——热清明节。

铁灾结束了，积雪在融化，春天终于太晚地来临了。温度上升一分，陈雪融开一尺。白日在化雪，原野微微斑驳了；夜晚在化雪，清晨发现大地黑了一片。

雪水在山谷、在洼地、在两道山梁之间、在一字排开的平原之上奔驰。白灾总是造成了干旱草原上的春水，大白灾在春天能使草原上奇迹地出现溪流。而我们遇上的铁灾，永远在乌珠穆沁牧人心里磨灭不掉的“吐木勒 · 召特”，在这个四月造成了一条大河，一条奔腾不息凶猛浊黄的大河！

有匹马驹子摔进河水，被冲走了。

它的骒马为了搭救儿子冲进河里，但她没能追上驹子，后来它湿淋淋地爬上草地，朝着这条突现出现的怒涛嘶鸣了很久。

阿勒坦 · 努特格就在这河水对岸。

快些吐木勒！嗨——修！额吉古铜色的脸上汗珠涔涔。使劲呀你用膝盖顶住那个角！——哎南斯拉你扶住车！……她的花白大辫完全散了。乱蓬蓬的银发披在她头上，样子让人看得心怵。这一车多装些再抱上一块来！她破天荒第一次嗓子哑了。听着额吉哑裂的声音我心里阵阵颤栗。吐木勒！你再使一下劲啊——嘿好啦，南斯拉现在你去看看孩子。她嚓嚓几步踏过地上的雪泥，绕过满载石头的松木杭盖，一把抓住牛笼头。

松木轮子沙沙地碾过湿雪。驾车的紫花斑牛瞪出了一对充血的红眼睛。车辆转了起来。

当我把石头一块块卸下来，一块块抱到河水里放好时，我看见额吉正朝对岸望着。她的头发蓬蓬直立着像个古怪的斑白盖子。在这片银闪闪的乱毡毛般的盖子下面，额吉的眼睛里布满血丝，红红的闪着一种紧张的光。

别松气吐木勒。别一个劲问额吉还拉几车还拉几车就够啦。你不是孩子啦你不是今天早上刚从北京城来到这儿。反正石头要铺到对面要铺出一条羊群过河的石头桥来。你是个牧羊人你是个四年的羊倌你知道羊群的走法，你已经是进了本命年的二十四岁你该记得今年是牛儿年。走吧孩子，提上你的镐头和绳子额吉来牵着牛车；别人家愿意在这河边的湿草地上接羔过春天可是咱们家一定要到阿勒坦 · 努特格去找个青羊盘！……

不用说啦额吉，扶稳车。

啊——嘿！这块石头多好。

（她只有今天打破了沉默。）

哎——好，再装。

闪开手额吉！

轰的一声，巨石从我怀里滚下来，重重地砸在松木车达瓦上。同时我听见了一声闷沉清晰的断裂，松木杭盖的底杠被石头砸得粉碎。

车坏啦，我倒吸了一口凉气。我瞥见额吉以后就不敢再去看她。她装作若无其事。她只是轻声说了句“哎，断了”就又搬起一块石头。她的神情像是对这架有八条横杠的杭盖漠不经心，八条横杠断了一根更不值得在意。我知道额吉此刻最关心的是不在我眼前暴露她的心思。你的心思我知道，额吉。你和我现在一模一样，我们都恐惧地等着呢。天险一样的雪水河挡住了阿勒坦 · 努特格，你和我都把这件事看成了一个不祥的恶兆。但是你和我都决不等待，我们俩都不能忍受再长的等待了。我们要在水浅的地方架出一道石头路，把羊群赶到对岸去。我们迁徙得已经太久了，我们残存的一百来只羊要卧在像家一样干燥暖和的隔年青盘上。丹巴和马倌乔里玛已经把马群赶进了阿勒坦 · 努特格，他们就会带回关于我们久别的金色家乡、带回关于神奇的阿勒坦 · 努特格的消息。额吉你现在简直像个铁一样的斗士。你咬着牙狠命搬起一块又一块湿漉漉的石头，又轰隆一声把石头重重摔在松木车上。阿拉杭盖有一条清澈见底的小河，河两岸的山岗上长满了挺拔的松树林。但是你的心恋着迁徙，恋着迁到阿勒坦 · 努特格去，所以你不敢想象阿拉杭盖的松木车不祥地断了横杠。放心吧，老人家，现在有吐木勒追随你。因为现在阿勒坦 · 努特格对于我更重要；我的全部信念和指望，我的青春的赌注和下场，已经都寄托给那片金色的草地。

我猛然抬起头来。

真的，冬雪已经快要消尽，大地上已经露出牧草。在向阳的坡地上和对岸的平原上，此刻已是一望无际的黄金波浪。铁灾没有杀死的这片金草地此时是浓烈沉重的，在斜阳的光束中，金黄的潮缓沉地漾过来，又灼灼闪光地漾过去。它沉默不语，但它复苏了。我觉得自己的心底落下一阵泪雨，泥泞的双手抱着石头颤抖了。哦，阿勒坦·努特格，我默默唤道。一丝长云流开了，阳光倏然明亮起来，起伏着喘息着的大草原金光闪闪满眼都是炫目的黄色。在这片黄黄的海洋里，有两个骑手正飞快地朝这里驰骤而来。那骑手的影子逆着阳光，好像是两只疯狂跳跃的金兔子。

我和额吉痴痴地等着。

乔里玛先滚身下马，朝我们奔来。

丹巴没有下马。他一直冲到河水里，轰轰溅起冲天的水花。他在额吉面前死命把马扯住，那马嘴里咕咕地冒着白沫。丹巴手里高举着一张白纸，他神色惊惶可怕但说不出话来。

额吉劈手夺下了那张纸，递给了我。

是用汉文写的。是一张“文件”。

我翻译不出来了。丹巴骑着马疯狂地围着我转圈子。乔里玛扑上来，揪着我摇撼我逼我翻译。但我的心跳成了一片乱鼓点，我一句也翻不出来。

文件上打印着如下的文字：

原阿勒坦·努特格大队走场离社多年，其原有草场早已分配给其他大队所有。如该队迁回本社，势必引起严重的草场冲突以至所有制冲突。时值灾年，本社经研究后认为：本社无力安排该队的返乡人籍和今后的生活生产。因此，不同意原阿勒坦·

努特格大队在本地驻留；更不允许该队占据原牧地、与本社阿勒坦·努特格大队争夺草场。

河对岸的金海洋仍然在喘息着，掀着沉重的铜浪。沿着起伏的丘陵望去，它简直就像个喘息不已的辽阔的金黄胸脯。额吉似乎朝我挪了一步。我扶住了额吉的瘦肩。额吉面如死灰，呆滞地望着对面那不可思议的黄金草原。

[第五章] 追忆和开始

[七十五]

是的，那一切都结束了。如果不是有一个歪歪扭扭的勒勒车轮的影子留在记忆里，如果不是有一股牛粪火上腾起的青烟的呛味留在感觉里，那一切就将不仅是结束，而且将像他人他事一样被彻底冷漠……

当然，像你和我这样的人是不会忘记的。你当然不会忘记那皱巴巴的发黄的血书；我也一样，我忘不了你这家伙硬催着我捏起刀片就他妈的给了自己一下。

你说快别恶心人啦不许再提那些诗！为什么呢难道真的因为我那时候总叫你酸猫你就对我筑起高墙吗？其实我从来读你的诗都很感动。我至今能背诵你写的那首《献给牺牲在越南战场上的红卫兵战友》。

在你醉了的时候你总是喜欢乱喊“啾——丢——嘀依——”

只有我知道你是在模仿我吓狼的可笑声音。那还是我们走在迁徙的雪路上的时候，有一天黑夜营盘被狼群包围住了。狼群看不见，只有嚎声响在一个包围圈上。狼眼像一盏盏阴险又耐心的绿灯，整整一夜围着我们森森发亮。狼群，狼群，它伴着我们迁徙……

你和我的爱情都失败了。也许，全部阿勒坦 · 努特格大队知识青年的爱情都失败了。或者说，人类历史上出现过的知识青年们的所谓爱情都失败了？你这酸猫，你为什么不写写这壮大又有趣的失败呢，你这诗人！

你只是牢牢地记住了、而且惟妙惟肖地记着在黑夜的雪地上吓狼的喊声。后来我们点起了火。我们把一张张报纸，不管它是汉文人民日报还是蒙文的锡盟小报都团成一团点燃抛上天去。漆黑无望的夜空中飞旋着一个个红艳明亮的快活火球。那火球爆裂着，猛烧着，粉碎成零落的火片飘下，绿链子一样的狼眼睛在那一刹后退了。我们大笑着，怪声嗷嗷嚎着，骑上光背马冲向看不见的狼群……

你记得吗？我们只是仗着一股孩子气和一团热度那么短暂那么微弱的青春之火，就阻击了黑暗和狼群的进袭。

如今二十年过去了。你也像我一样一年年地数着度过了这二十年吗？你写了那么多酸诗。写了《骑手的友谊》，写了《没有爱人有爱马》。在我看起来，蓝猫，二十年里你像个孤儿，自从你与昨天告别。世界上已不容你驻足，你不离马背不离黑夜。

喝酒吧，我的朋友。你来喝我的烈酒，我来读你的酸诗。等我们都醉了以后再唱歌；唱你的刚强姑娘，唱我的柔弱姑娘，唱你的吧吧老汉，唱我的白发额吉，唱我们的乌珠穆沁草原，唱我们永世难忘的过去……

[七十六]

最后他把自己心爱的录音机装了箱。那是在一个晚上，他的小方盒宿舍里已经空空如也，刚换上的白被罩和白枕套白床单散着一种音符般的浆味儿。

在把这架性能出奇地出色的录音机捆进纸箱以前，他决心最后听一遍。他决心在日本地上最后听一遍小林一雄的歌子。他取出了那盒 HIGH，又取出了那盒 METAL 小心翼翼地按下了电键。

也应当和你告别啦，我的兄长，我的前方的先行人。至今我没有见过你，虽然你的歌子和你的嗓音已经为我勾画了一个更本质的你。再见吧，像你唱过的那样：再不要相见。只是对我来说，难忘的只有你。因为你就是我。你是明天的我。你是铤而走险为我寻道的我。

让我满怀真诚地向你说一声谢谢吧。

他一直没有开灯。一个低沉沙哑的男声在黑暗中轻轻地回荡着。唱吧，你只能唱下去。走吧，我只能向前走。让我们在这温暖的黑暗中分手吧。用你的歌佑助我，让我的神奇大陆为我敞开。我只是……他心头掠过一忽儿飘悠不定的滋味，他在黑暗中看见了一个不安宁的什么。那“什么”黑黑的辨不清楚，就像他见过的一切印刷品上的小林一雄的眼睛一样。

我好像见过你。

在哪里呢，在一个遗忘了的地方我一定曾经见过你。或者没有遗忘，或者一直珍存着。

人身子里的血液不光是奔流不光是输送着氧气和热量还有活力么？还有一个什么？

我的血能够记忆。

那也是一些人，空睁着没有眸子的眼眶。没有一句话留下来。没有冤屈、不平、愤怒、欢乐、揭露、痛苦留下来。你可以留下你的嗓音，这种HIGH和那种METAL磁带可以逼真地保留你的嗓音，包括嗓音里那青春在挣跳时的喘息。我呢？

我既然见到过而且我记着，我既然有这样的一种血，那么我也应该留下什么。

时间就这样，就这样残酷地从我们身边一逝永不再回。青春已是最后的一刻了。

空间就这样同样残酷地，把我们推上了——把你推上了音乐会的舞台，把我推上了浪迹天涯的道路。世界在我们面前一览无余，因为我们已经绝不可能选择别的世界。与毫无粉饰的赤裸本质的世界对面，是可怖的。

就因为这个么？就因它你才永远垂着你那英雄般俊美的眼睫么？

黑暗音箱里出现了一股飞扬着淹来的歌。那男人现在唱得专注又深情。他闭上眼睛。磁带的质量出色得不可思议。有一条河，那河水粼粼波浪如绸，那河蓝得透明又深不能测。那河水一摇一荡地朝他淹漫过来，他沉没了。他潜入深处，开始了漫游。

你是神么?

你是我不辞辛苦走遍了半个内陆亚洲又漂洋过海沉入这蓝蓝的水底寻找的神么?

是的，我是。

你是陕甘宁青边区的黄土荒山中那些啃着土豆咽着苦杏叶子但是不容忍侮辱的回回农民坚信的主吗?

是的，我是。

你是中央亚洲有着伊兰人的蓝眼睛又讲着突厥人的悦耳语言的居民们在吟唱着关于黑醋栗的情歌时崇拜的那个灵性吗?

是的，我是。

你是北方草原上那些住毡帐烧牛粪的牧人们在马背上在颠簸的牛车上迁徙时盼望着的那个地平线之外的远方吗?

是的，我是。

请带我也去吧！我也有那样的梦！

[七十七]

大海牺牲的消息我过了一年多才知道。

好像我也和不少朋友一样，曾经兴致勃勃地侃大山，神聊过B—52轰炸机的威力，神聊过没见过的地毯式轰炸。好像那是一个美丽的图景。后来兴趣和谈题又被引开了，我们又兴致勃勃地去神聊其他的事情。B—52又被我们渐渐淡漠了。

B—52炸死了大海。红卫兵战士大海和解放军战士大海在抗美援越的战场上，在残酷得也许是美丽的战场上被B—52的地毯式轰炸杀掉了。

后来我才辗转听说了大海牺牲的消息。后来我是因为意外地收到了小丫（她在昆明军区一个医院当护士兵）的一封信、接着又收到了志伟（他也插队了）的一封信后，才知道了一个模糊的梗概。当时我正在内蒙古东乌珠穆沁的蒙古草原上放牧，读那信时我的手颤抖着但我心里却闪过了一个“果然如此”的念头。读那信时我身边还有一个外号蓝猫的知识青年，蓝猫是个感情很酸的人，他接过那信读的时候他哭了。

我只大概了解到：大海越境以后，曾经三次被遣送回国。但他三次都摸了回去，可能他掌握一条秘密的通路，都摸回了那个高炮部队。不知道他是否击落过敌机。也不知道他作战的地点。后来部队收留了他，大海当上了他梦寐以求的解放军。一九七〇年五月四日，在一场激烈的战斗中一颗炸弹落在大海和他的战友们的炮位上。大海死了，没能收回他的尸体。

一九七〇年五月四日……

过了十五年以后——

我在日本首都东京听到一盒录音带。那是著名反战歌手 Joan Baez，她为悼念牺牲在美国警察镇压之中的四名青年举行了声势浩大波澜壮阔的音乐会。排山倒海的啸声从四面八方响起，数不清有多少万听众在随着 Joan Baez 一起唱着。我只记住了一个日期，那四名正直的美国青年惨死的日期：

一九七〇年五月四日。

我只听懂了歌词中的两处半拉句子。女歌手悲愤地唱道："其实你知道一切，但是你就是那样的人，你不会回避。……既然你能那样走上去，那么我的朋友我也能。"……我把这两句词告诉了蓝猫，建议他在修改他那首《献给牺牲在越南战场上的红卫兵战友》时把这两句加进去。蓝猫不同意，蓝猫说写大海就要用大海的口气写。我说去你妈的你看 Joan Baez 这两句多棒。蓝猫说"冲进硝烟弥漫的白宫光复耻辱背叛的红场"更棒。最后我气得要疯，把我藏了差不多二十年的那首《亲手埋葬帝国主义》摔给蓝猫了。

操你妈！随你写吧！我说。

[七十八]

离大学报到日期愈来愈近了。

我骑着我的白骏马在草原上往来奔驰。牧民们马上就要拔营了，我也必须在几天内赶回北京。行李早已胡乱收拾了一个包包，四年插队，两手空空。但我根本没有心思想这些，我已经被冲出绝地的希望和切断血肉的难过撕扯得麻木不仁。我现在只记着奔驰。我长在亚干的鞍上，剧烈的颠簸和摇撼在代替我送走这最后几天。

额吉像是大病了一场。

额吉一句话不说。额吉像是冰雪冻枯冻蔫的一棵枯草额吉像九死一生刚逃回来的罪犯额吉双眼可怕地深深陷了进去双眼布满鲜红血丝她默不出声她死寂了她像哑了她死死忍着痛哭忍着这冷酷无情十面埋伏在她枯瘦影子周围的金波铜浪般的草原。

额吉决绝地沉默了。

你只残存着一口活气你在愤怒地苟生。

额吉迟钝地干着活。白天熬过去了，额吉蒙住皮被默默躺下，响着鼾声。

我在黑暗中凝神听着，那低微酣沉的鼾声就近在我的耳际。

对着我这双醒着的耳朵，毡墙外沙沙地涌来了阿勒坦 · 努特格的草潮。我睁着眼睛一声不响。我听着牧草的潮起潮落，听着额吉的孤苦辗转和我自己忐忑的心跳默默地送着这黑夜。我不能再像以前那样，我不能再摆出一副北京孩子加额吉家知识青年那股赖劲了，我不能再不顾礼性地向额吉胡说乱问。我冷漠地嘲笑地正视着我的内心，但我这个内心里又不屈不服地满满盛着无愧的骄傲。这就是告别啊，我冷冷地想。我一动不动地凝神躺着。牧草的潮声，额吉的喘息，还有我肉体深处的心跳，——这对于我已经如此熟悉、如此习惯了的蒙古草原之夜，此刻正在为我最后地徘徊。

[七十九]

长征，结束了。

第二次再上红军路的计划失败了，志伟一去西北就再也没了音讯，听说那家伙参加了当地两派的武斗。我从监狱里被放出来以后，母亲受了惊吓有些要生大病的预兆。小丫与我们断了关系。到处都在乱打，我也渐渐打消了印旗子的念头；原来我们打算印一面红旗，一面白边红底的红军旗，印上“中国工农红军三军后卫团”这个番号，可是这个计划取消了。我们原先那面破旗子上也有这几个字，不过那是大海使墨汁写的。

最遗憾的是小毛。

大海不在了，我不能只带着一个女兵去长征那两万五千里。我没有把这句话对小毛讲，我只是说长征的事儿以后再说吧，小毛听着听着就撅起了嘴。

小毛撅着嘴，生气不说话也不理我。我们俩愣愣地对着站了一会儿。我觉得已经再没有什么话说；她来问我出发去长征的日期，我告诉她目前只能放下这件事。我说完了，她却还站着。我突然感到有一阵异样的滋味袭过全身。咦，我是怎么啦?

就是这个梳着两根小抓辫的十六岁小姑娘，就是这个小姑娘追随着我踏遍了洮河和白龙江。而现在，四外里文化革命已经如火如荼炮火连天，现在我要是说声再见转头走开，我们也许就再也不能见面了。

“那，那我走啦？”她说。

我说不出话来，如果是大海，大海可能会说出一些铿锵有力的话来。我在下意识中拼命在阻挡一种古怪情绪。我不懂得这种情绪是一种珍惜、是一种很难遇见的友谊。我只是模模糊糊地觉得很感谢她；是啊，这样的追随，在真正的崇山峻岭里，在古今英雄们走过的栈道上的追随，就要和我分别啦。可是我说不出话来。我嘟囔了句什么，小毛没有听清：

“你说什么呀？”她忿忿地喊道。

“我说——”我冲口而出地说，“再见吧！”

[八十]

黑夜去了。

我又伏在白马亚干背上飞驰。一家家茶，一家家酒，一家家用蒙古语讲的吉利话。我的白马消瘦了，这匹把我度过了铁灾带到了阿勒坦·努特格的骏马露出了尖尖的嶙峋骨架。我喂它面条，喂它肥肉，喂它从李小葵丈人家要来的凉莜麦，它不吃。我默默地忍住心疼，我不愿意说一句多余的话。我把左脚咔的一声踏进铁镫，纵身跃上鞍鞒，用牙齿低低发出一个唿哨。白马亚干展开四蹄，铜水般的金草地疾疾冲进我的身下。我不是四年前的我了，至少今天的我已经知道纵马奔驰的不易。我在黄昏时分回来了；走进包里在西侧我的位置坐下，开始用蒙古话和家里商量将来的事，我们说到了北京的大学，也说到逼近的接羔。我认真有时也急躁地嚷嚷我对下一站驻地的见解。家人也仅仅在议论到临近的搬迁时才打破缄默。我们仍然是一家人，关于这一点连包里的火剪和墙上的哈纳棍都决不怀疑。我说的时候仍然讲得又快又散漫。像我吸进一分乌珠穆沁的气味就吐出一点乌珠穆沁的音调一样，我在最后地使用着我这亲爱的第二母语。

只有在这个时刻我有些控制不住——特别是当我们说得热闹起来；南斯拉嫂子扯出了高高的尖嗓子，丹巴哥恨恨地咒骂几句脏话，他们用一声“啊——嘿！——”满心赞同地肯定了我的话，空气又显得流畅起来的时候，——我险些失声哭出来。草原，我忍了这么多艰难才听懂了你悦耳语言的草原，我和你的缘分就要断了！但我在他们没有觉察的一刹那咬紧了牙关。我不愿意让一种蔑视自己的心情毁灭自己。于是我又镇定了。他们既然觉得他们家的知识青年能上大学是件好事，我也就像他们一样，把他们命里的又一场迁徙当作正途。

只有一夜我没留神：在队长索米亚家我喝醉了。我吐了又喝，喝了又吐，后来吐掉了苦苦的胆水以后我就疯子一般在夜草地里乱吼乱唱。我砸开一家又一家包门，把睡眼惺忪的牧民扯起来要酒。我一屁股坐在人家的牛粪箱里哑着嗓子唱歌，然后蹿出去纵马在黑暗里狂奔。天亮以前我半醒半睡地撞在一辆高大的车上，我睁开粘住的眼皮，瞪了几次眼才看清马下面站着额吉。我刚吼了一声“额吉——”就哇地吐了起来，我一边吐一边瘫软着摔下马来。我昏迷中觉出额吉正默默地摇晃我，我昏迷着拼命张嘴巴我觉得有好多要讲给额吉的话。好像额吉弄醒南斯拉嫂子从羊盘里拉来了我们唯一的黑山羊，好像她们俩把黑山羊塞到我怀里给我用黑山羊“特布勒那”。我想乱嚷嚷我想喊额吉你迷信黑山羊特布勒那不是醒酒的办法；可是我心里难受我舍不得额吉离开我我死死地揪住额吉的破袍襟死不撒手我好像只想这么睡下去我只想揪死了这件破袍子。我不知道白骏马亚干累得不肯吃草了我不知道额吉一直陪着我跪到天明她打破了沉默她一直在唤着我的蒙古名字小吐木勒。

我们商定在同一天离开阿勒坦 · 努特格，各奔前程。

那天从清晨起，十面埋伏般的春牧场上就滚起了金灿灿沉甸甸的不安的大潮。

一辆长途班车停在公路上。

我朝额吉转过身来。我心里冲荡着简直能叫仇恨的伤感。因为那，因为这，因为这司机他妈的等烦了，因为两三家子老老小小那么多人都在盯着我和我额吉，所以我跟个混蛋傻子一样无话可说。所以我就要他妈的这样离开草原！我恨透了，我难受极了，我猛一把抓住额吉的两只袖子，……但我喊时声音又变得很小：

“额吉。”

额吉淡淡地一笑。“嗯。”她说。

“巴依尔太。”我低声道了别。

“巴依尔太，”她静静地应声答道。

她的眼睛渐渐红了，接着眼圈眼凹也红了。“走好，小吐木勒。”她哑声说。那眼睛和眼圈愈来愈红。我知道我最害怕的泪水就要哗哗地涌出来了。

“额吉！下一个……您六十一岁的本命年！……您下一个本命年！”我胡乱喊道，“六十一！那一年我来看您额吉！……”

额吉的浑浊老泪汹涌而出！额吉使劲抹了一把，她的眼鼻全被淹成通红一片。她抬起手臂，伸到脖子上揪下来那个黄布小药包，任泪水哗哗地在她满脸的皱纹上冲流。她嘴唇哆嗦着，手臂痉挛地朝我举了过来。一个指甲盖大小的黄布缝成的硬鼓鼓的小药包在我眼前闪晃。

额吉把那个可能是护身符的黄布小药包系在我脖子上。接着她猛地推了我一把：

“走吧！吐木勒！”她厉声说。

[八十一]

在我们决定正式解散长征队——解散“中国工农红军三军后

卫团”那一天，他们全嚷嚷说要有一场下旗仪式。我说没地方要搞仪式就该在腊子口搞，他们不干。我又说大海不在了咱们自己搞没意思，他们说正是为了大海。

下旗仪式决定在灌川河边的一个碉堡废墟上进行。听当地人说，这个碉堡自从被红军炸毁以后，一直就是这个样子。

我们的旗子是在岷县城里缝的，又小又土气。旗子只有三尺长，而且不是红绸子是大红布。我们在那小城里找不到洗染店，是大海写的这个只有五个兵的团的番号。

灌川河在凛冽的冬风中默默流着，空旷迷茫的大川谷寂静无人。庄稼都割尽了，远处村子都低低卧在蒿子草里，像一片黑黝黝的剪影。

我们列队站成一排。

碉堡的残垣断壁半埋在黄焦焦的蒿子草丛里，那高高的苇草使劲地摇撼着它们的白穗。我心里忽然清醒过来一般掠过一个念头，好像小队已经严肃地站成一排以后，我才感到了这一切的严肃。真的，长征结束啦，我默默想。长征，你是我们的长征，你是真正的长征啊。

“下旗，敬礼——”我命令道。

红旗在寒风中啪啪抖响着，徐徐地从一根长杆上降下来了。它抽打着大西北刺骨的烈风，一面徐徐降着，一面遮卷了那排墨写的“中国工农红军三军后卫团”的字迹。

我们站得笔直笔直，向旗帜凝视着致礼。

[八十二]

长征结束了，今日我们要转头面向北京。北京，我想，在北京有什么在等着我们呢？我没有说话，保持着绝对笔直的身姿。仪式简单又神圣，我们心里都在回忆。

三年以后，也许是四年以后，不知是谁传开了我们的消息。有一家博物馆——我忘了它是韶山革命历史博物馆还是井冈山革命历史博物馆了——来找我征集这面旗子。我不知道他们是怎样找到我的，也不懂得“征集”这个词。

“我不能决定。”我回答说。

那人说：这是宝贵的革命文物！你知道博物馆有一项业务就是征集文物么，为了全党全国人民，要把珍贵的实物资料永远保护收藏起来。中央文革小组指示要在七一党的生日开馆展览。全国成百万成千万的红卫兵组织和造反派组织都争着送他们的旗子呢,可是我们只挑十面。十面旗里就有你们一面呀你该自豪！……

我说：“我不能一人决定。我们商量一下。”

那人又说：我们为你们复制一面！一模一样！把复制的留给你们作纪念！……

我们是用通信商量的，我们已经天各一方了。

最后我们决定：与其你复制，不如我复制。小毛马上给我寄来了一面红旗，我找来一根毛笔和一瓶黄广告色，把那个红军番号写在上面。

真的旗子我们藏起来了；和我们用眼睛、用肉体、用热情和十六七岁的无畏，和我们用幼稚的心灵记住的一切一切藏在一起。

［八十三］

新疆是什么？

新疆是亚洲中心的一半。新疆是古西域的核心。新疆是蓝眼睛的伊兰人的故地，是浪漫华丽的突厥语的归宿，是古代龟兹—古代焉耆—古突厥和古回鹘—佉卢和于阗—察合台文献和维吾尔文学语言的生灭轮回变幻繁荣的口语土语摇篮。

新疆是亚洲的中心。

新疆是什么？

新疆是阿勒泰、天山和昆仑三条壮美的大山脉。新疆是准噶尔和塔里木两块戈壁沙漠千里不毛的大盆地。新疆是浓绿耀眼的一串串长满葡萄的绿洲，是伊犁三区和巴音布鲁克的肥美草原。新疆是海拔–154 米的吐鲁盆低地和海拔 7000 米的汗腾格里雪峰之间的、那永远相互心许又永远不能如愿的爱恋。新疆是前浪已经死灭后浪又汹涌过来的英勇自绝的叶尔羌河；是不问方向不论对错自由自在地流向西方在西方神秘消失了的铁色额尔齐斯。

新疆是什么？

新疆是——那褴褛快活的乞丐弹着琴唱着唱着后来他陶醉在

自己的歌声里他忘了有人扔下了钱他只顾弹着唱着走了他那眼神又得意又快活他那光脚板迈出的步子又潇洒又高贵因为他刚施舍了一支歌。

新疆是——那肤色黧黑鹰眼阴沉的哈萨克嚼着一块羊腿肉他的粗大下巴像一头狼他凶狠地坐在那里没有人敢靠近他这时广播里响起了一支音乐那是《X ê x ê m》那是唱母亲的歌他突然哇哇号啕大哭起来他不管那饭馆里有多少人不管那些人正盯着他他像狼吼一样哇哇大哭。

新疆是——那漂亮的小女孩她可能只有两岁半她生着白瓷般的脖颈蔚蓝的大眼睛淡黄的鬈发她跪在地上玩沙土周围站着一个默默的人群她太美了你看见她时你想起了童话你相信了真有一种小天使你恋恋不舍地走开时她转过头来调皮地朝你挤了挤蓝眼睛你立即晕了你甚至觉得得到了一生的安慰你觉得你在这一瞬间升华了纯净了你想立即换一种态度生活。

新疆是什么?

新疆是处处天险中的条条道路。新疆是语言隔膜中的无言神交。新疆是凛冽的北疆严寒和恐怖的南疆毒热的轮番折磨。新疆天高皇帝远，新疆地广罪人多。虚伪庸俗敬新疆而远之，豪爽真诚进新疆而复活。

我凭一点神示闯入了新疆，我在新疆磨砺了志气学到了真知开拓了胸怀。如今我面前再也没有更难的知识了，我也再不会被知识欺骗。我心里涌动着对新疆的感激，只有我清楚这感激有多深沉。

Rahmet，新疆！

[八十四]

从西向东：青海的积石祁连在招手，甘肃的陇山两翼在招手，宁夏的六盘月亮在招手。从东向西：海原固原的悲凉坚忍在呼唤，河州河西的神秘变迁在呼唤，大通湟水的花儿少年在呼唤。——我本应该在二十岁的时候走向你啊，我的血脉相牵的大西北！

瘠，贫，苦，穷，旱，裸，荒，……应该用怎样的一批汉字来形容你描述你呢？

且不说在你赤贫千里的怀抱里安家立命生儿育女，且不说在你冬食积雪夏吃窖水的黄土中挥镢走犁收种庄稼；哪怕只让哆淑女娇绅士们来转一天看看风景，她（他）们的嫩眼细目能受得了这掺着黄沙土的毒日头的烙烤么？！

没有水，没有树，没有菜蔬，没有资源，人活十代盼的只是有一日离开。写什么地狱篇危言耸世，活在这样的阳世里难道不比死罪的煎熬么？！

谁深知这一切？谁深知这个世界里的苦辣滋味？成年后我终于懂了，有三种存在是知晓一切的：

第一种是统治者。他们的卑污残恶使他们嗅到了这里，荒凉黄土是他们的残民之所。

第二种是破产、负罪、受难的异乡人。他们在流离中处处碰壁，对他们网开一面的只有这片千里不毛赤贫之地。

第三种是神……也许这一切都是神的制造。也许这一切还要祈念神来解脱。

富了啃一口干馍，穷了咬一个洋芋，绝路了捋几把苦杏叶子。这样的土地上居然也出现了村落，这样的水土中居然也养育出一种方言。焦干赤红的荒山道上，媳妇子朝着堤掩住脸颊，婆婆在前面恭敬地侧身让路——我想谦让但我担心惊吓了她们，我走了过去我又为自己占了路羞耻；古朴淳真的民风文化就在这荒山裸岭里长叶扎根了！你还能维持你那可怜他们的心情吗？于是，你像我一样身不由己，你也奇怪地舍弃了名山胜景和锦绣田园，朝着那山窝里鳞次栉比的黄泥小屋走过去了。

进村后你看见了清真寺。在一牙黯淡闪烁的镰月下，你听见了他们在念诵。他们宽恕历史，赞美未来，他们苛求着心灵的洁净，在信仰中步入了佳境享受着愉悦。

出村来你看见了庄稼地，麦子在峻峭的山顶上摇曳，胡麻在漫坡上开花，绿绿的洋芋枝蔓盖住了黄黄山峦的一些襟角，像浑黄的大海中漂浮着几片绿叶。绝地废土中升起了一股活气，洪荒不毛中已经垦出了良田。你的心战栗了你觉得激动，但是你能说什么呢？

在成年时看见这一切更加重要。成年的体会是本质的。我强压着心中的惊喜，我没有料到启示还会在这个年龄出现。我知道这条荒山之路是最艰难的；我知道它的残酷，它会因我的迟到要我加倍付出。

但是我已经不会犹豫。现在我满目都是这荒山波涛黄土海洋的壮美。

[八十五]

最后一个回忆是关于一匹马的。

人能忍受艰苦。可是，因为那匹马他明白了：人不能忍受的是享受。是的，在真正的艰苦中，那享受的魅力实在是太大了。

很多年过去以后，他还在独自默默地反省那件事。如果那时他注意到那马的汗水，如果他曾经留意看看那匹白马琥珀般的大眼睛里的神情，也许过失可以避免。可是他总是听见自己心里有个声音在激烈地反驳着：不，不！那时我只想奔驰，那时我的潜存的意识里已经不顾一切只想奔驰，我那种不顾一切的意识里已经包括不惜这骏马的生命！……那么是一种残酷吗？是一种虐待吗？是一种深藏的罪恶吗？

其实我只记得那是辉煌的享受。

其实那对于我是个美丽的瞬间。

那匹白骏马死啦。

那是在我告别骑马生涯的那几天。我有一种控制了几年终于不愿意再控制了的放纵欲。那是一个遥远的春末，原野上积雪已经融尽，太阳已经把湿漉漉的大地烤干。马蹄敲击大地时那驰骤声已经脆硬如爆豆。我好像有过一个什么目的，马儿跑出去时好像曾经有过一个方向；但是现在我明白了那是一种假象，现在我明白了那时我的目的就是纵情。我在金黄的草浪迎着马头疾疾涌来时醉了，我在四蹄之音再也无法分辨的狂暴轰鸣中醉了，我在关于一匹雪白骏马在天际闪电般一掠而过的想象中醉了，我在喝下了太多的烈性白酒后又让一匹白马发扬这烈性的颠簸中醉了。

我醉了，马死了。

白马一连几天不肯吃草。我向它告别时它静静地伫立着。它无言无语，温和沉默地伫立着。我似乎曾经宽慰我自己，我欺骗自己，掩饰自己内心的慌乱和犯罪感，我悄悄地自语道：它站着呢，它只是歇一歇，它马上就会吃草，它马上就会恢复……

于是我走了。我向着自己的前程一去不回。

后来，很久以后，我听说了一个消息。有一个不认识我的骑手谈到一匹白马；他说那匹白马在主人离开以后不吃不喝，一直站在草原上，一直站到死去。

我听着，心里像泻入了一股冰水一样。我默默地听着，我明白了一切。后来我站起来告辞了，一直到今天我对这件事仍缄口不语。没有一个人觉出我有什么异常，没有一个人知道我心里的这个秘密。

因为这是最后的回忆，所以我觉得应该把它写在这里。十几年来，我一直默默地怀念着一匹白骏马。我激烈地在自己心底进行着种种争辩，那时脑海里的这匹白马就是一个原则和裁判。我没有跑到它殉情的草地上去，我没有号啕着诅咒自己是杀生害命的罪犯。我只是永久地牢牢地在心里记着一匹雪白的骏马；我觉得自己每走一步都听见了熟悉的蹄音，我觉得自己生命的每分每秒每个瞬间都是骑着一匹无形的骏马。

[八十六]

我们是在黎明之前走上街路的。漆黑的凛冽冬夜里幸好没有起风。其实已经是真正的早晨了，如果在夏季此刻太阳已经明亮热烫。漆黑中奔走着城市的喧嚣，人们和都市的生计已经在此开始了。

我抱起小女儿。在黑暗的微明中我看着她的眼睛在痴痴地望着。不知她是没睡够呢，还是有些害怕？我猜她更可能是在回想着梦中见到的小松鼠小白兔之类可爱动物。而我感到周身寒冷。我抱紧了她，用脸贴住她冻得冰凉的小脸蛋。

我们在黑暗中挤进人群里。

我们在黑暗中挤上公共汽车。

爸爸我给你讲一个故事——汽车凶猛地冲向黑暗。雪亮的光束剑一般劈开黑暗。有一只可爱的小熊——尖锐的钢铁撞击声在漆黑中震响，呼啸的寒风突然打在脸上。小熊有一根甜棒棒糖——换车时我用肩膀撞击黑色的人。我在黑黝黝的人群中用警觉卫护我的女儿。小熊看见小白兔正在呜呜哭——下车了我站到地上时舒了口气。这里是开阔的郊外，女儿的幼儿园不远了。小熊把棒棒糖给了小白兔然后——我抱着小女儿走上像原野一般空阔的郊外大道。我看见黑暗的长天尽头出现了一条蓝红色的龙。小熊小兔就去幼儿园——女儿突然尖声叫喊起来：爸爸！你看——太阳！太阳！

广阔的黑暗中有一轮鲜红浑圆的红色太阳正在默默升起。它红艳晶莹，充斥天地，在那均匀的黑色中默默地诞生了。天地立即就要燃烧，但正在一切还尚未点燃的一瞬——

小女儿突然使劲挣脱了我。

她跳下地来欢声嚷着朝那红红的太阳飞快奔跑。“太阳！……爸爸你看！太阳多红多大呀！……爸爸太阳滚过来啦！……”她才两岁，我突然记起来了：她还没有见过一次日出。

我喊不住她。她惊喜得已经忘了我。那轮红灼灼的巨大火球静静地迎着她滚来。

“太阳！快点滚过来呀太阳！……”小女儿无畏地迎着那轮火焰。我已经被她抛在了此岸，我已经惊惶失措。

我看见一个两岁的小女孩的小小影子。她正不顾一切地对准一个巨大得不可思议的红轮奔跑。那默默的浑圆红轮子像一个刚刚靠岸的奇异的红船，正在那不远的岸边静静等着这个小女孩跑近。

“啊！多红呀！太阳！快点呀！……”我的小女儿忘我地奔

向那太阳,奔向那纯洁的火。我感动地望着。我找到了终极的真理。

是的，生命就是希望。我崇拜的只有生命。真正高尚的生命简直是一个秘密。它飘荡无定，自由自在，它使人类中总有一支血脉不甘于失败，九死不悔地追寻着自己的金牧场。

《金牧场》于 1987 年写毕

《金草地》于 1994 年改毕

十遍重写《金牧场》(代后记)

在我可悲的小说习作中,《金牧场》一书又是个尤为可悲的例子。这本书写于浮躁的1987年。设计了两个时间,四条线索,企图对逝去的60年代做出自己的总结。但是写作中感觉到一丝说不出的滋味。它扰乱着心,引诱自己对每一笔都抬杠质疑。我写小说总是这样,自我抬杠的最终,小说的后半渐渐矛盾,混乱的末了,往往是强行捆住的一束尾巴。

当然写作时没有意识到这一切。不是描写出的激情而是自己对激情的向往,鼓舞着笔一股劲跑到了尽头。唯有一丝难以捕捉的不安,它隐现缥缈,时而横在视野,霎那携来一阵烦燥。书成之后,无法满足。于是我自语般地写道:

“没准,我会重写一遍《金牧场》。那是一本被我写坏了的作品。写它时我的能力不够,环境躁乱,对世界看得太浅,一想起这本书我就又羞又怒。重写一遍吗,我正在想。”(《<荒芜英雄路>作者自白》,1992年)

两年以后，这个念头已经成了一个决意。我拿出这本唯一的长篇小说，开始动刀做手术。无奈唯有一张白纸才好画图，对写成的书东挖西补，不是一个可行的办法。已经忘了怎样就干脆删了起来——大砍大删的快感，至今还点滴清晰。也就是说，我最终绷不住劲儿，再不是若有所思的修改，而是破坏式的撕纸抡斧头。到了最后我才看见自己的删砍原则——凡日本文化的描写，删；凡理想主义的设计，删；凡虚构的小说人物，删；凡古文献、空议论、生命云云、删！

留下的是什么呢？

蒙古草原的一条长线，以及记忆中的红卫兵长征。此外，若说还剩下了什么，那就是几首我翻译的冈林信康的歌词。

原来是四轨并行的摩登结构，让我狠砍一番以后，四轨剩下大约两条；原来的四重奏四弦琴被拆散之后残余的，被我排队编组，成了五章 86 小节。这就是删节本的《金牧场》、即《金草地》的缘起。

在给这本差强人意地编成的《金草地》写跋语的时候，我交代谜底，展示最初的母本里四轨并行的符号意思，也借书写求清理，总结了自己脑海中纠缠永久的东西：

“《金牧场》一书的结构是，用 70 年代初的口吻，描写一次知识青年和牧民的大迁徙，同时描写知识青年的种种。在这个部分里插入对红卫兵时代长征的回忆和思考。全书的这一半，用表示蒙古草原的 M 为标号。另一半是用 80 年代的在国外求学的青年的口吻，描写一个解读古文献的研究过程以及异国感受；同时插入对西方国家60年代学生运动、前卫艺术的思考和对中国边疆的心情。书的这一半用表示日本的J为标号。书的两半两条线，始终并行对照。

这样，两条线和其中的回忆独白，概括了从60年代到80年代的种种最重大的事件及其思考。内容涉及知识青年的插队、红卫兵运动的内省、青年走进社会底层的长征与历史上由工农红军实现的长征、信仰和边疆山河给人的教育、世界的不义和正义、国家和革命、艺术与变形、理想主义与青春精神……企图包含的太多了。”（《< 金草地 > 后记：思想重复的意义》，1994年）

自其时起，“牧场”已经宣告不在，代之以一小块“草地”。用我的话来说是：“放弃三十万字造作的辽阔牧场，为自己保留一小片心灵的草地。”我以为这笔宿债就此了结，以后可以再也不想它的事了。

谁知道，被宣告了不存在的，硬是不退出历史舞台！

时隔十年，出版社们并不在意我曾经发表过关于“牧场”退役的庄严宣告。为了赢利——这唯一的终极关怀；他们的扫描仪探照灯般的视野，也时不时掠过我这一隅死角。

鬼知怎么，若干的选题企划，都青睐了撕碎了的那一本；我虽强力推荐，谁也不对薄本《金草地》感兴趣。也就是说，我家能代父从军如花木兰的，并非打工的老二草地、而是退休的老大牧场。

而我自从八九退职，种得沧海十七年，笔墨便是打鱼船。一般来说——就像太平岁月里阮家兄弟卖鱼度日——作为卖书谋生的职业作家，不能拒绝出版社送来的柴米油钱。除非那不是出版企划而是诈骗戏胡日鬼。

在如此笔耕生涯中，我悄然地明白了：老二这条鱼没有人爱，还是把肢解了的老大推出去、送上战胜生活的火线。就这样，《金牧场》在宣布死亡之后复活，旧貌换新颜，至今（2007 年 2 月）已分别又在时代文艺出版社、春风文艺出版社、作家出版社、燕山出版社、人民文学出版社新生了五次。

不知究竟是该哭笑不得，还是该感谢生活。至少对我 1994 年煞有介事地“重写一个金牧场”的行动，眼前的现实是不以为然的。现实如一个财大气粗的老板，他呵呵大笑，指着书皮上的“金”字对我说：“这一个字已经道尽了真理，你还重写什么！老金呀老金！草地牧场，能长金草银草的才是好草场；红书黄书，能卖十倍百倍的就是好图书！”

我不再犹豫，牵出老大“牧场”正式备战，同时命令老二“草地”继续巡逻。我仿佛初次相识一般，仔细地把老大《金牧场》打量了一番。没想到，我看出了破绽！导致我重写、使得我不安、弄得我别扭的、《金牧场》一书的内伤，不在别处，就在四铁轨里的 J 组关于日本的故事，也就是讨厌的学者死扣那本古文献《黄金牧地》的情节里!

我的脑海如雪亮的闪电照过。

现在我正式告诉我的读者，也告诉以后可能购买新版《金牧场》的人们。尽管我无暇一本本修改重印，但你们手中拿着的、你们一目十行读着的日本部分（J）的正文，都应该按照如下故事梗概，改为大致这么一个新文本：

——那个主人公青年学者在日本研究进修的时候，因为结识日本女性真弓，而渐渐认识了一批新朋友。那些人是一群当年的左翼反战学生，对理想主义的初衷不言放弃，他们已经走过了很长的路，营救过被智利军政府迫害追捕的智利学生、参加过阿富汗反对苏军侵略的游击队、给围困在伯利恒圣诞教堂的巴勒斯坦战士送过饮用水和食物、为卢旺达屠杀中逃亡的黑人提供避难的地点。主人公加入了他们的组织，它名称的日文缩写叫做“Inoken”，生命的权利。

就在当时，爆发了美国大规模入侵玻利维亚（也可以改为叙利亚或者朝鲜）的危机，拉巴斯保卫战吸引了全世界。同伴们决心不再做文绉绉的社会活动家，而下决心拿起武器，投身到反对新帝国主义侵略的游击战之中去。他们解散了 Inoken，筹集武器物资，相约在安第斯山脉中的一个小城布诺集合会齐，越境进入玻利维亚，直接加入抗美战争的火线。主人公回国与家人告别，做出征前的准备，但在海关，因护照相片与本人相貌不像，被警方拘留。

小说就在此处结束。书的后环衬页印上一个“关于此书结尾”的调查表，悬念和结局留给读者自己设计解答。

我心里升起一丝野心，盘算是否把它付诸笔端。一边又寻思，那可就成了二写两遍《金牧场》啦，合适吗？

或者别再划分什么小说家和读者。干脆把这个构思写成传单撒出去！我终于探到了自己内心的最深处：不是金牧场也不是金草地，我渴望做的是动员有志者，动员我的读者大家动手、都来按照这个思路——即走上支援世界人民反帝火线的构思——写自己的一本青春盘点。

是这样吗？

我已经估计到了精英阵营里的一阵哄笑和群起围剿。就是这样，如今的世界已然简化，革命与斗争已经不是话题，而又一次变做了受压迫者的旗帜。不是民众和我们，而是可笑的精英正在被方兴未艾的世界大潮边缘化。

患着对帝国主义主子的一夜相思病的精英教授们，如今被百姓唤作“叫兽”。确实，在一派为金钱和富人、为资本主义秩序帮腔的号叫中，我们心中小小的理想愈发珍贵。如果“金牧场”确是一个公正的真理的代号，如果它真是值得让人一世追求的意义，如果它真是一种九死不悔的存在方式的动力——人生百年，重写十遍又有什么不可呢？

当然，这只是一个话题，没有谁会真地再写。可惜的是当年的我没有把握好机会，如蹩脚的前锋，射门时一脚踢偏。

严肃总结的话，我琢磨的是——自己缺乏的一种锐利的透视力。我在 1987 年构思时，没有看见茫茫视野里的这条轨迹。只是一个起点，如火车站的铁轨，可以抵达指示的远方。如今写在这儿已然太晚，所以我不愿写得直露，不想涉及得太具体。

最后，我没有说，那样写小说就会获得成功。我不过想接续以前那没有结论的思索。在不肯屈服和衰老的、遍及全球的六十年代人之中，这思索不会终止。“叫兽”们终止了，是因为他们出局了。或者他们从未被纳入。这个命题牵扯着人类的命运，它将不断地与我们发生碰撞，不断挑起那些似旧还新的讨论。

作者

写于 2006 年 5 月 24 日